# Frau Falchion

## Band 2

Gilbert Parker

**Writat**

Diese Ausgabe erschien im Jahr 2024

ISBN: 9789359942957

Herausgegeben von
Writat
E-Mail: info@writat.com

# Inhalt

# BUCH II.
## Der Hang des Pazifischen Ozeans

# KAPITEL XI
## UNTER DEN HÜGELN GOTTES

„Ihre Briefe, Sir", sagte mein Diener am letzten Abend des Collegejahres. Die Prüfungen waren endlich vorbei und ich fragte mich, wo ich meine Ferien verbringen sollte. Die Auswahl war sehr groß; von den Muskoka-Seen bis zum Yosemite Valley. Da es mein erstes Jahr in Kanada war, wollte ich lieber nicht über das Dominion hinausgehen. Mit diesen Gedanken im Kopf öffnete ich meine Briefe. Die ersten beiden interessierten mich nicht; Handwerkerrechnungen kommen selten vor. Der dritte löste ein pochendes Gefühl der Lust aus – obwohl er nicht von Miss Treherne kam. Ich hatte an diesem Morgen einen von ihr bekommen, und das war eine Freude, die es nie zweimal an einem Tag gab, denn das Prince's College in Toronto war eine lange einwöchige Reise von London im Südwesten entfernt. Allerdings erhielt ich einmal am Tag Briefe von ihr Woche kann man schlussfolgern, dass Clovelly dies nicht getan hat; und dass, wenn er es getan hätte, es eine schwerwiegende Verletzung meiner Rechte gewesen wäre. Aber wie ich inzwischen erfahren habe, nahm Clovelly seine Niederlage tatsächlich auf eine sehr charakteristische Weise auf und sagte bei einer wichtigen Gelegenheit einige großzügige Dinge über mich.

Der Brief, der mir so gut gefiel, stammte von Galt Roscoe, der sich, wie er es beabsichtigt hatte, in einem neuen, aber blühenden Bezirk von British Columbia, in der Nähe der Cascade Mountains, niederließ. Bald nach seiner vollständigen Genesung war er in England zum Priester geweiht worden, war sofort nach Kanada gesegelt und hatte sich sofort an die Arbeit gemacht. Diese Notiz war eine Einladung, die Feiertagsmonate mit ihm zu verbringen, wo, wie er sagte, ein Mann, der „hoch oben in den Hügeln Gottes den Sommer verbrachte", Visionen sehen und träumen und auch jagen und fischen konnte – insbesondere Fisch. Er drängte darauf, dass er mir gegenüber nicht über Gemeindeangelegenheiten reden würde; dass ich nicht gebeten werden sollte, der Pate eines jungen Bergsteigers zu sein; und dass der einzige Nachteil, soweit es meine eigenen Vorlieben betraf, der eintönige Gesundheitszustand der Menschen war. Er beschrieb sein Sommerhaus aus Rotkiefer als am Rande einer schönen Schlucht gebaut; er sagte, dass er auf der einen Seite die Cascades mit ihren großen Gletscherfeldern und auf der anderen Seite mächtige Kiefernwälder hätte; während die mildeste Junibrise „den Professor für Pathologie und geniale Sägeknochen" erwartete. Am Ende des Briefes deutete er etwas über ein angenehmes kleines Geheimnis für mein Ohr an, als ich kam; und bemerkte gleich danach, dass es in Sunburst und Viking, den Dörfern seiner Gemeinde, ein oder zwei entzückende Familien gab. Man brachte das kleine Geheimnis natürlich mit einem Mitglied einer dieser entzückenden Familien in Verbindung.

Abschließend sagte er, er würde mir gerne zeigen, wie es möglich sei, einen Marinemann in einen Pfarrer zu verwandeln.

Mein Entschluss stand fest. Ich schrieb ihm, dass ich sofort anfangen würde. Dann begann ich, Vorbereitungen zu treffen, und dachte inzwischen wieder an ihn, der jetzt Reverend Galt Roscoe war. Nachdem die „Fulvia" London erreicht hatte, hatte ich ihn nur ein paar Mal gesehen, da er sofort aufs Land gegangen war, um sich auf die Priesterweihe vorzubereiten. Frau Falchion und Justine Caron hatte ich mehrere Male getroffen, aber Frau Falchion vermied es, sich nach Galt Roscoe zu erkundigen. Daraus und aus anderen unbedeutenden, aber bedeutsamen Angelegenheiten schloss ich, dass sie über seine Taten und seinen Aufenthaltsort Bescheid wusste. Bevor ich nach Toronto aufbrach, sagte sie, dass sie mich vielleicht eines Tages dort sehen würde, denn sie würde nach San Francisco fahren, um das Eigentum zu besichtigen, das ihr Onkel ihr hinterlassen hatte, und aller Wahrscheinlichkeit nach würde sie einen Aufenthalt in Kanada machen. Ich gab ihr meine Adresse und sie sagte dann, sie verstehe, dass Herr Roscoe beabsichtige, eine Missionarsgemeinde in der Wildnis zu gründen. In seinen gelegentlichen Briefen an mich, während wir alle in England waren, sprach Roscoe selten von ihr, zeigte aber, wenn er es tat, dass er von ihren Bewegungen wusste. Das kam mir damals nicht mehr als natürlich vor. Das geschah später.

Innerhalb weniger Wochen erreichte ich über San Francisco und Vancouver Viking, eine Holzfällerstadt mit großen Sägewerken. Roscoe holte mich in der Kutsche ab und ich wurde sofort zu dem Haus zwischen den Hügeln gebracht. Es stand am Rande einer Schlucht, und vom Ende der Veranda blickte man auf einen grünen Abgrund, wunderschön, aber auch schrecklich. Es war einzigartig gelegen; ein Nest zwischen den Hügeln, geeignet zum Arbeiten oder Spielen. In den Ohren war das leise, anhaltende Geräusch der Stromschnellen mit der Musik eines benachbarten Wasserfalls.

Auf dem Weg die Hügel hinauf hatte ich Gelegenheit, Roscoe genau zu beobachten. Sein Gesicht hatte nicht den kräftigen Schwung, den sein Brief vermuten ließ. Dennoch, wenn es blass war, hatte es einen Glanz, den es vorher nicht besaß, und sogar eine stärkere Menschlichkeit als früher. Ein neuer Ausdruck war in seine Augen gekommen, eine gewisse fesselnde Ernsthaftigkeit, die die frühere Askese verfeinerte. Einen liebenswürdigeren und selbstloseren Kameraden hatte es nie gegeben.

Am zweiten Tag, als ich dort war, nahm er mich mit, um eine Familie in Viking zu besuchen, der Stadt mit einem großen Sägewerk und zwei kleineren, die James Devlin gehörte, einem unternehmungslustigen Mann, der durch Holzfällerei reich geworden war und hier lebte die Berge viele Monate im Jahr.

Herr James Devlin hatte eine Tochter, die im Osten einige Vorteile hatte, nachdem ihr Vater reich geworden war, obwohl sie ihr früheres Leben ausschließlich in den Bergen verbrachte. Ich erkannte bald, wo Roscoes Geheimnis zu finden war. Ruth Devlin war ein großes Mädchen mit sensiblen Gesichtszügen, schönen Augen und einer seltenen Persönlichkeit. Ihr Leben war, wie ich erfuhr, von großer Hingabe und Selbstverleugnung geprägt gewesen. Bevor ihr Vater sein Vermögen gemacht hatte, hatte sie eine gebrechliche, kleinmütige Mutter großgezogen und sich um ihre jüngeren Schwestern gekümmert und war deren Mutter. Mit Reichtum und Leichtigkeit erblühte ihre Wange immer heller, aber darin lag ein Hauch von Fürsorge, der nie ganz verschwinden würde, auch wenn er sich mit der Zeit eher in schöne Wehmut als in Angst verwandelte. Wäre diese Verantwortung in einer Stadt auf sie übergegangen, hätte sie möglicherweise ihre Schönheit verdorben und sie ihrer Jugend insgesamt beraubt; Aber in der tragenden Kraft eines Lebens in den Bergen blieben warme Farbtöne auf ihren Wangen und eine wunderbare Frische in ihrem Wesen. Ihre Familie verehrte sie – wie sie es verdiente.

An diesem Abend vertraute mir Roscoe an, dass er Ruth Devlin weder gebeten hatte, seine Frau zu sein, noch ihr konkrete Zeichen seiner Liebe gegeben hatte. Aber die Sache war für ihn eine glückliche Möglichkeit der Zukunft. Wir unterhielten uns bis Mitternacht und saßen am Ende der Veranda mit Blick auf die Schlucht. Diese Ecke, Coping genannt, wurde unseren vielen Gesprächen gewidmet. Wir malten und zeichneten dort morgens (wenn wir nicht fischten oder er nicht bei seinen Pflichten war), empfingen Besucher und rauchten abends und atmeten den Balsam der Kiefern ein. Ein alter Mann und seine Frau führten das Haus für uns und versorgten uns mit einfacher, aber bequemer Kost zu essen. Das Forellenangeln war gut, und zu unserem Abendessen gab es viele schöne Forellen vom Grill; und viele schöne Forellenschnüre fanden ihren Weg zu den Tischen der ärmsten Gemeindemitglieder von Roscoe oder zur Ausstattung des modischeren Tisches, an dem Ruth Devlin den Vorsitz führte. Es gab Ausflüge das Tal hinauf, Picknicks auf den Hügeln und gelegentliche Mittagessen und Abendpartys im Sommerhotel, eine Meile von uns weiter unten im Tal, wo sich allmählich Touristen versammelten.

Dennoch blieb Roscoe seinen Pflichten in Viking und in der Siedlung namens Sunburst, die dem Lachsfischen gewidmet war, die ganze Zeit über überaus treu. Zwischen Viking und Sunburst herrschte große Eifersucht und Rivalität; denn die Lachsfischer dachten, dass die Mühlen, obwohl sie an einem Nebenfluss lagen, durch das im Fluss verschüttete Sägemehl die Fortbewegung und das Laichen der Lachse behinderten. Es bedurfte des ganzen Fingerspitzengefühls von Mr. Devlin und Roscoe, um die Orte von offenen Kämpfen abzuhalten. So wie es war, schwelte das Feuer. Als der

Sonntag jedoch kam, schien zwischen den Dörfern Waffenstillstand zu herrschen. Mir kam es so vor, als ob man die primitive und idyllische Seite des Lebens berührte: lebhaft, robust und einfach, mit einer Natur um uns herum, die gleichzeitig gütig und streng ist. Es ist unmöglich zu sagen, wie frisch, belebend und inspirierend das Klima dieses neuen Landes war. Es schien die Menschheit zu verherrlichen, alle, die es atmeten, standhaft zu machen und selbst bei Fehlverhalten fast verzeihlich zu machen. Unter den Lachsfischern von Sunburst wurde Roscoe immer respektvoll und sogar herzlich empfangen, ebenso wie unter den Mühlenarbeitern und Flussfahrern von Viking, nicht zuletzt, weil er ein ausgezeichnetes Gespür für Maschinen hatte und mit ihnen reden konnte Menschen in ihren eigenen Umgangssprachen. Darüber hinaus verfügte er, auch wenn in seiner Natur wenig Überschwänglichkeit zu finden war, über eine Gabe trockenen Humors, die vielleicht mehr als alles andere dazu beitrug, seine Anwesenheit unter ihnen ungezügelt zu machen.

Seine kleinen Kirchen in Viking und Sunburst waren immer gut besucht – oft bis zum Überlaufen – und die Menschen spendeten großzügig für die Gaben: und ich kannte keinen Geistlichen, wie heilig er auch sein mochte, der einem solchen Vorgehen nicht mit einem gewissen Maß an Selbstgefälligkeit gegenübersah. Auf der Kanzel war Roscoe fast kraftvoll. Sein Wissen über die Welt, seine Direktheit, seine eifrige, aber nicht hastige Rede, seine unkonventionellen, aber originellen Aussagen, sein gelegentliches literarisches Glück und sein ungewöhnliches Taktgefühl hätten ihn in einer kultivierteren Gemeinschaft zu etwas Besonderem machen können. Doch es gab etwas, das all das veränderte: eine gelegentliche undefinierbare Traurigkeit, ein ständiger Ton erbärmlicher Warnung. Es fiel mir auf, dass ich noch nie einen Mann getroffen hatte, dessen Worte und Verhalten zuweilen so pathetisch waren; es war künstlerisch in seiner suchenden Einfachheit. Es gab eine unergründliche Quelle in seiner Natur, die sogar über alle Vorkommnisse seiner Vergangenheit hinausging; etwas radikales, konstitutionelles Leid, gepaart mit einer sehr starken, praktischen und sogar energischen Natur.

Einer seiner glühendsten Bewunderer war ein Spieler, Pferdehändler und Uhrenhändler, der ihm ein Pferd verkaufte und ihm anschließend dreißig Dollar anbot und sagte, das Pferd sei viel weniger wert, als Roscoe dafür bezahlt habe. und beteuerte, dass er der Gelegenheit, das Beste aus einem Spiel herauszuholen, niemals widerstehen könne. Er sagte, er habe keinen Zweifel daran, dass er dasselbe mit einem der Erzengel tun würde. Anschließend verkaufte er Roscoe eine Uhr zum Selbstkostenpreis, gestand mir aber, dass die Einzelteile der Uhr geschmuggelt worden seien. Er sagte, dass er den Pfarrer so sehr mochte, dass er das Gefühl hatte, er müsse ihm eine Chance auf gute Dinge geben. Es war nicht ungewöhnlich, dass er in den Bars von Sunburst und Viking über Roscoes Qualität sprach, wobei er geschickt von Phil Boldrick unterstützt wurde, einem exzentrischen, warmherzigen Kerl, der sich so sehr mit den Angelegenheiten der Dörfer im Allgemeinen beschäftigte , und so sehr ein Beratergremium für die Behörden, dass ihm kaum noch Zeit blieb, selbst industriell voranzukommen.

Als einmal ein bekannter Tyrann nach Viking kam und aus purer Tapferkeit und Gemeinheit Roscoe auf der Straße beleidigte, traten zwei oder drei Flussfahrer vor, um die Beleidigung zu rächen. Es war völlig unnötig, denn der Geistliche hatte den Fall sofort selbst in die Hand genommen. Er winkte zurück und sagte zu dem Tyrannen: „Ich habe keine Waffe, und wenn ich sie hätte, könnte ich dir nicht das Leben nehmen oder versuchen, es zu nehmen; und das weißt du sehr gut. Aber ich schlage vor, deiner Unverschämtheit entgegenzutreten – dem wurde mir zum ersten Mal in dieser Stadt gezeigt.

Hier ging anerkennendes Gemurmel umher.

„Sie werden natürlich den Revolver aus Ihrer Tasche nehmen und ihn auf den Boden werfen."

Ein paar andere Revolver blickten dem Tyrannen ins Gesicht, und er tat mürrisch, was von ihm verlangt wurde.

„Du hast ein Messer: Wirf das weg."

Auch dies geschah unter dem ernstesten Einsatz der Revolver. Roscoe zog ruhig seinen Mantel aus. „Ich habe solche Schurken wie Sie auf dem Achterdeck getroffen", sagte er, „und ich weiß, was in Ihnen steckt. In der Südsee nennt man Sie Strandräuber Treffen Sie niemals jemanden in einem fairen Kampf. Diesmal haben Sie Ihren Mann getäuscht.

Er ging nah an den Tyrann heran, sein Gesicht war wie Stahl, die Daumen steckten leicht in den Taschen seiner Weste; aber es war auffällig, dass seine Hände geschlossen waren.

„Jetzt", sagte er, „sind wir gleichberechtigt, was die Gelegenheit betrifft. Wiederholen Sie bitte, was Sie vorhin gesagt haben."

Das Auge des Tyrannen zuckte, und er antwortete nichts. „Dann bist du, wie gesagt, ein Feigling und ein Kerl, der friedfertige Männer und schwache Frauen beleidigt. Wenn ich Viking richtig kenne, hat es keinen Platz für dich." Dann nahm er seinen Mantel und zog ihn an.

„Jetzt", fügte er hinzu, „denke ich, du solltest besser gehen; aber das überlasse ich den Bürgern von Viking."

Was sie dachten, ist leicht zu erklären. Phil Boldrick sagte im Namen aller: „Ja, Sie sollten besser gehen – schnell; aber auf dem Sprung wie ein Hund, wohlgemerkt: auf Handen und Knien, den ganzen Weg springend."

Und mit Waffen, die ihn bedrohten, verließ dieser Besucher von Viking den Weg und schluckte dabei den roten Staub hinunter, der von seinen Händen und Füßen aufgewirbelt wurde.

Dies begründete endgültig Roscoes Position. Doch trotz seiner Beliebtheit und dem soliden Erfolg seiner Arbeit zeigte er weder Eitelkeit noch Egoismus, noch tauschte er jemals die Position aus, die er bei Viking und Sunburst innehatte. Er schien keinen weiteren Ehrgeiz zu haben, als gute Arbeit zu leisten; kein Wunsch, über den eigenen Bezirk hinaus bekannt zu sein; Tatsächlich hatte er keine Lust, seine Arbeit den Missionaren und wohlwollenden Damen in England mitzuteilen – so sehr war es die Gewohnheit seines Ordens. Er war frei von professionellen Manierismen.

Eines Abends saßen wir auf dem gewohnten Platz, nämlich dem Coping. Wir hatten lange Zeit geschwiegen. Schließlich stand Roscoe auf und ging nervös auf der Veranda auf und ab.

„Marmion", sagte er, „ich bin heute beunruhigt, ich kann es dir nicht sagen wie: ein Gefühl drohenden Unheils, eine Angst."

Ich blickte fragend und natürlich auch ein wenig skeptisch zu ihm auf.

Er lächelte etwas traurig und fuhr fort: „Oh, ich weiß, dass du das für eine Dummheit hältst. Aber bedenke, dass alle Seeleute mehr oder weniger abergläubisch sind: Das ist ihnen angeboren; es ist angeboren, und ich fürchte, da ist eine Menge Seemann drin." ich noch.

Als ich mich an Hungerford erinnerte, sagte ich: „Ich weiß, dass Seeleute abergläubisch sind, die erfahrensten von ihnen sind das. Aber das hat nichts zu bedeuten. Ich denke oder fühle vielleicht, dass es eine Seuche geben wird, aber ich sollte die Versicherung auf meinem Schiff nicht erweitern." Leben deswegen."

Er legte seine Hand auf meine Schulter und sah ernst auf mich herab. „Aber, Marmion, diese Dinge, das versichere ich dir, sind keine Fragen des Willens, noch sind sie krankhaft. Sie geschehen zu den unerwartetsten Zeiten. Ich hatte solche Empfindungen schon einmal, und ihnen folgten seltsame Dinge."

Ich nickte, sagte aber nichts. Ich dachte immer noch an Hungerford. Nach einer kurzen Pause fuhr er etwas zögernd fort:

„Ich habe letzte Nacht dreimal von Ereignissen geträumt, die sich in meiner Vergangenheit ereignet haben; Ereignisse, von denen ich gehofft hatte, dass sie mich in dem Leben, das ich jetzt führe, niemals stören würden."

„Ein Leben in Selbstverleugnung", wagte ich es. Ich wartete eine Minute und fügte dann hinzu: „Roscoe, ich denke, es ist nur fair, dir zu sagen – ich weiß nicht, warum ich das nicht schon früher getan habe –, dass, wenn du Wenn du krank warst, warst du im Delirium und hast über Dinge gesprochen, die möglicherweise etwas mit deiner Vergangenheit zu tun haben oder auch nicht.

Er zuckte zusammen und sah mich ernst an. „Waren das unangenehme Dinge?"

„Ich probiere Dinge aus; obwohl alles vage und unzusammenhängend war", antwortete ich.

„Ich freue mich, dass du mir das erzählst", bemerkte er leise. „Und Mrs. Falchion                                                     und Justine Caron – haben sie es gehört?" Er blickte zu den Hügeln.

„Bis zu einem gewissen Grad bin ich mir sicher. Der Name von Frau Falchion wurde im Allgemeinen mit – Ihren Fantasien in Verbindung gebracht ... Aber im Grunde konnte niemand Gewicht auf das legen, was ein Mann im Delirium sagte, und ich erwähne die Tatsache nur, damit Sie es genau sehen können." Auf welchem Boden ich an deiner Seite stehe.

„Können Sie mir eine Vorstellung davon geben, wovon ich geschwärmt habe?"

„Hauptsächlich über ein Mädchen namens Alo, nicht deine Frau, würde ich beurteilen – das getötet wurde."

Daraufhin sprach er mit freudloser Stimme: „Marmion, eines Tages werde ich dir die ganze Geschichte erzählen, aber nicht jetzt. Ich hatte gehofft, dass ich sie hätte begraben können, selbst in der Erinnerung, aber ich habe mich geirrt. Einige Dinge – wie z Dinge – sterben niemals. Und in unseren fröhlichsten, friedlichsten Momenten konfrontieren wir uns mit dem neuen Leben, das wir führen. Es gibt keine Zuflucht vor der Erinnerung und der Reue in dieser Welt oder ohne Reue. Er wandte sich wieder von mir ab und richtete sein ernstes Gesicht auf die Schlucht. „Roscoe", sagte ich und nahm seinen Arm, „ich kann nicht glauben, dass du irgendeine Sünde auf deinem Gewissen hast, die so dunkel ist, dass sie jetzt nicht ausgelöscht ist."

„Gott segne Sie für Ihr Vertrauen. Aber es gibt eine Frau, die, so fürchte ich, mich vor aller Welt blamieren könnte. Sie verstehen", fügte er hinzu, „dass es Dinge gibt, die wir bereuen, die nicht wiedergutgemacht werden können." Man denkt, eine Sünde sei tot und beginnt ein neues Leben, indem man die Vergangenheit verschließt, nicht in betrügerischer Absicht, sondern im Glauben, dass das Buch geschlossen sei und dass aus der Veröffentlichung nichts Gutes entstehen könne, wenn plötzlich alles wie die Buchstaben in Flammen aufgeht Fausts Beschwörungsbuch.

„Warte", sagte ich. „Mehr brauchst du mir nicht zu sagen, das darfst du nicht – jetzt; nicht, bis Gefahr droht. Behalte dein Geheimnis. Wenn die Frau – wenn DIESE Frau – dich jemals in Gefahr bringt, dann erzähl mir alles. Aber behalte es jetzt für dich . Und ärgern Sie sich nicht, weil Sie Träume hatten.

„Na ja, wie du es wünschst", antwortete er nach langer Zeit. Während er schweigend dasaß, ich stark rauchte und er in Gedanken versunken war, hörte ich das Lachen der Menschen in einiger Entfernung unter uns in den Hügeln. Ich vermutete, dass es ein paar Touristen aus dem Sommerhotel waren. Die Stimmen kamen näher.

Mir kam ein einzigartiger Gedanke. Ich sah Roscoe an. Ich sah, dass er grübelte und die Stimmen nicht bemerkte, die bald verstummten. Das war eine Erleichterung für mich. Dann schwiegen wir wieder.

# KAPITEL XII

## DER WIRBEL DER ZEIT

Am nächsten Tag machten wir ein Picknick am Whi-Whi River, der im hohen Norden entspringt und in unterschiedlichen Stimmungen bei Viking in den Long Cloud River mündet.

[DR. Marmion sagt in einer Anmerkung zu seinem MSS., dass er die Namen der im zweiten Teil des Buches erwähnten Flüsse und Städte absichtlich geändert hat, weil er nicht möchte, dass der Ort zu eindeutig ist.]

Ruth Devlin, ihre junge Schwester und ihre Tante Mrs. Revel bildeten zusammen mit Galt Roscoe und mir die Gruppe. Der erste Teil des Ausflugs hatte viele Freuden. Der Morgen war frisch und süß und wir waren alle in bester Stimmung. Roscoes Depression war verschwunden; aber es lag eine liebenswürdige Ernsthaftigkeit in seiner Art, die für mich darauf hindeutete, dass Ruth Devlins Wangen noch vor Tagesende noch zarter werden würden, wenn nicht etwas Unpassendes passierte.

Als wir fröhlich den Kanon hinauf zu der Stelle stapften, an der wir ein großes Boot nehmen und den Whi-Whi zu unserem Campingplatz überqueren sollten, sagte Ruth Devlin, die mit mir ging: „Eine große Gruppe Touristen kam an Viking gestern, und ich bin im Sommerhotel gewesen; ich gehe also davon aus, dass du noch einige Zeit hier oben sein wirst, also sei bereit, dich zu freuen.

„Glaubst du nicht, dass es so schon schwul genug ist?" Ich antwortete. „Seht diese festliche Menschenmenge."

„Oh, es ist nichts im Vergleich zu dem, was da sein könnte. Das könnte Viking und das ‚umliegende Land' niemals als Vergnügungsort berüchtigt machen. Um Touristen anzulocken, muss man genug Leute haben, um Romanzen und Tragödien zu inszenieren – natürlich ohne Verlust von Menschenleben , – nur Katastrophen gebrochener Herzen und haarsträubende Fluchten und gigantische Angel- und Schießleistungen, wie sie Männer nur zu erfinden wissen", – es war entzückend zu hören, wie ihre Stimme zu einer amüsanten Andeutsamkeit wurde, „und kaputte Brücken und Land." -Folien, mit vielen anderen Dingen, die Sie liefern können, Dr. Marmion Nein, ich fürchte, Viking ist zu eintönig, um bemerkenswert zu sein.

Sie lachte dann ganz leicht und urig. Sie hatte Sinn für Humor.

„Na ja, aber, Miss Devlin", sagte ich, „Sie können nicht alles auf einmal haben. Höhepunkte wie dieser brauchen Zeit Ich habe dich neulich morgens geschickt – und gebrochene Herzen und solche Tragödien sind nicht ausgeschlossen, wenn ich dir zum Beispiel morgen Abend nicht einen ebenso guten Korb mit Forellen schicke oder wenn du bemerkst, dass nichts in einem war; Korb voller Forellen zu –"

„Jetzt", sagte sie, „werden Sie engagiert und – rücksichtslos. Denken Sie daran, ich bin nur ein Bergmädchen."

„Dann lass uns nur über die anderen Tragödien reden. Aber bist du nicht ein bisschen gefühllos, wenn du über solche Dinge sprichst, als würdest du nach ihrem Eintreten dürsten?"

„Ich fürchte, du bist ziemlich albern", antwortete sie. „Sehen Sie, ein Teil des Landes hier oben gehört mir. Ich bin besorgt, dass es ,boomen' soll – das ist der richtige Ausdruck, nicht wahr? – und eine Sensation ist gut für ,boomen'. Was für eine Werbung würde sich daraus ergeben, wenn die schöne Tochter eines amerikanischen Millionärs in Gefahr wäre, in der Long Cloud zu ertrinken, und ein rauer, aber ehrlicher Kerl – ein Vorarbeiter am Fluss, vielleicht ein verkleidetes junges Mitglied der englischen Aristokratie – seine Tochter in Gefahr bringen würde Leben für sie! Der Ort der Gefahr würde natürlich Lover's Eddy oder Maiden's Gate heißen – sehr viel hübscher, das versichere ich Ihnen, als so kaltblütige Dinge wie Devil's Slide, wohin wir jetzt gehen, und vieles mehr attraktiver für Touristen.

„Miss Devlin", lachte ich, „Sie haben den ganzen Eifer eines angehenden Millionärs. Darf ich hoffen, Sie eines Tages in der Lombard Street zu sehen, eine echte Katherine unter den Kapitalisten? – denn Ihren Bemerkungen zufolge schätze ich, dass Sie – Ich sage es nachdenklich: ,Wage dich durch das Gemetzel bis zum Thron.'"

Galt Roscoe, der direkt vor Mrs. Revel und Amy Devlin stand, drehte sich um und sagte: „Wer zitiert da so dramatisch? Nun, das ist eine Picknickparty, und jeder, der Elegien, Epen, Sonette und dergleichen vorstellt, ' ist schuldig, den Frieden in Viking und Umgebung zu brechen. Er darf nicht überlistet werden, der Wissenschaftler hat keine unbegrenzten Möglichkeiten vage zu sein und erstaunlich auszusehen; aber der Pfarrer muss seine Poesie als Monopol haben, sonst geht er aus den Augen und der Erinnerung verloren.

„Dann", sagte ich, „überlasse ich es Ihnen, sich selbst um Miss Devlin zu kümmern, denn sie ist die direkte Ursache für mein Fehlverhalten. Sie hat die finstersten Gefühle gegenüber Viking und Ihrer sehr umfangreichen Gemeinde zum Ausdruck gebracht. Miss Devlin." Ich wandte mich an sie und fügte hinzu: „Ich überlasse dich deinem Schicksal und kann dich nicht der Gnade empfehlen, denn was der Himmel schön gemacht hat, sollte zärtlich und barmherzig bleiben, und –"

„„So jung und so unhöflich!"", warf sie mit einem plätschernden Lachen ein. „Aber Cordelia wurde sehr schlecht eingeschätzt und sehr unhöflich behandelt, und ich auch. Und ich wünsche Ihnen einen guten Tag, Sir."

Ihr zartes Lachen hallt in meinen Ohren wider, während ich schreibe. Ich denke, dass Sonne und klarer Himmel und Hügel viel dazu beitragen, uns fröhlich und harmonisch zu machen. Irgendwie erinnere ich mich immer an sie, wie sie an diesem Morgen war.

Sie stand damals am Rande einer neuen und schönen Erfahrung, an der Schwelle einer anerkannten Liebe. Und das ist eine bemerkenswerte Zeit für die Jugend.

Die Erlebnisse dieses Morgens hatten etwas Aufregendes, und ich denke, wir alle haben es gespürt. Sogar die großen, finsteren Abgründe schienen ihre gewöhnliche Düsternis verloren zu haben, und als einige junge weiße Adler von einem Felsen aufstiegen und davonflogen, wurden sie immer kleiner, je weiter sie vorbeikamen, bis sie eins mit dem Schnee des Gletschers auf dem Mount Trinity oder einem Wapiti waren spähte aus dem Unterholz hervor und schlich mit flüchtigen Füßen das Tal hinunter; Wir konnten es kaum unterlassen, vor lauter Freude etwas Dummes zu tun. Endlich tauchten wir aus einem Dickicht von Douglasien am Ufer des Whi-Whi auf, machten unser Boot los und bewegten uns bald langsam auf der kühlen Strömung. Eine Stunde oder länger ruderten wir den Fluss hinunter zur Long Cloud und zogen uns dann zum Mittagessen in den Schatten einer kleinen Insel zurück. Als wir zum Rendezvous kamen, wo Picknick-Partys normalerweise feierten, fanden wir ein immer noch rauchendes Feuer und verstreut die Reste eines Mittagessens vor. Offensichtlich war kurz vor uns eine Gruppe von Picknickern dort gewesen. Ruth vermutete, dass es sich möglicherweise um einige der Touristen aus dem Hotel handelte. Das schien sehr wahrscheinlich.

Auf dem Boden lagen Zeitungsfetzen und darunter ein leerer Umschlag. Mechanisch hob ich es auf und las die Aufschrift. Was ich dort sah, hielt ich nicht für nötig, es den anderen Parteimitgliedern mitzuteilen; aber so unbekümmert wie möglich, denn Ruth Devlins Augen waren auf mich gerichtet, zündete ich damit eine Zigarre an – unpassend, denn das Mittagessen würde bald fertig sein.

„Wie lautete der Name auf dem Umschlag?" Sie sagte. „Gab es einen?"

Ich vermutete, dass sie mein leichtes Erschrecken gesehen hatte. Ich sagte ausweichend: „Das glaube ich, aber ein Mann, der großes Interesse an einer neuen Zigarrenmarke hat –"

„Sie sind ein höchst betrügerischer Mann", sagte sie. „Und zumindest sind Sie egoistisch, wenn Sie Ihre Zigarre für wichtiger halten als die Neugier einer

Frau. Wer kann schon sagen, was für eine Romantik in der Adresse auf diesem Umschlag steckte –“

„Was für Elemente einer edlen Tragödie, was für eine Werbung für ein bestimmtes Anwesen im Whi-Whi-Tal“, unterbrach Roscoe und brach den Faden eines Seemannsliedes ab, das er summte, während er den Wasserkocher auf dem Feuer hielt.

Nachdem er dies gesagt hatte, fuhr er mit dem Lied fort. Ich war beeindruckt von der wunderbaren Veränderung in ihm. Ahnungen waren weit von ihm entfernt, doch nachdem ich diesen Umschlag gelesen hatte, wusste ich, dass sie nicht unbegründet waren. Tatsächlich hatte ich am Abend zuvor eine Ahnung davon, als ich die Stimmen auf dem Hügel hörte. Ruth Devlin unterbrach ihre Vorbereitungen einen Moment, um Roscoe zu fragen, was er da summte. Ich antwortete für ihn und erzählte ihr, dass es ein altes sentimentales Seelied der einfachen Seeleute sei, das oft von Offizieren bei ihren gemütlichen Zusammenkünften gesungen werde. Daraufhin tat sie so, als sei sie schockiert, und verlangte sofort, die Worte zu hören, damit sie über ihren geistlichen Pastor und Meister urteilen könne.

Er sagte gutmütig, dass viele dieser alten Seemannslieder amüsant seien und dass er sie oft summte. Das konnte ich bezeugen, und er sang sie tatsächlich sehr gut – leise, aber mit dem rollenden Ton des Seemanns, fröhlich und doch faszinierend. Auf unseren gemeinsamen Wunsch hin wurde sein Summen deutlicher. Drei der Verse, die ich hier gebe:

„Die ‚Lovely Jane‘ segelte hinunter,
um bei den Spicy Isles zu ankern; und der Wind war so schön wie nie
zuvor, über tausend Meilen hinweg.

„Dann entstand ein Sturm, als sie die Linie überquerte,
was dazu führte, dass ihre Masten brachen; und sie schluckte die keuchende
Salzlake satt und verstauchte sich ebenfalls den Rücken.

„Und die Bildunterschrift rief: ‚Wenn es Davy Jones ist,
dann ist es Davy Jones‘“, sagt er, „obwohl ich nicht danach strebe, meine
Knochen im Äquatormeer zu lassen.“

Über die weitere Geschichte von „Lovely Jane“ wurden wir nicht informiert, denn Ruth Devlin kündigte an, dass das Lied warten müsse, obwohl es in seinen Gefühlen harmlos und kindlich zu sein schien, und dass zwischen den Akten ein Mittagessen serviert würde die rührende Tragödie. Als das Mittagessen vorbei war und wir uns wieder auf den Weg zum Whi-Whi gemacht hatten, bat ich Ruth, ein altes französisch-kanadisches Lied zu singen, das sie uns schon einmal vorgesungen hatte. Oftmals hatten die Wälder des Westens von den Klängen von „En Roulant ma Boule“ erklangen, als die „Voyageure“ die langen Pfade des Ottawa, des St. Lawrence und des Mississippi durchquerten; tapfere, unbeschwerte Kerle, deren Gesangstage vorbei waren.

Angesichts der bevorstehenden Ereignisse lag in dieser von ihr gesungenen arkadischen Melodie etwas Seltsames und Mitleiderregendes. Ihre Stimme war eine Mezzosopranstimme von seltener Kraft, und sie verfügte über genügend natürliche Sensibilität, um der antiken Feinheit der Worte einen wehmütigen Charme zu verleihen, der besonders in diesen Versen deutlich wird:

„Ah, grausamer Prinz, du brichst mir das Herz,
indem du so meinen schneeweißen Erpel tötest.

„Mein schneeweißer Erpel, meine Liebe, mein König,
das purpurrote Lebensblut befleckt seinen Flügel.

„Sein goldener Schnabel sinkt auf seine Brust,
seine Federn schweben nach Osten und Westen –

„En roulant ma boule:
Rouli, roulant, ma boule roulant, En roulant ma boule roulant, En roulant
ma boule!"

Als sie das Lied beendete, machten wir im Whi-Whi einen Winkel. Vor uns lagen die Snow Rapids und der schnelle Kanal auf einer Seite der Stromschnellen, der durch einen felsigen Torbogen floss und als Devil's Slide bekannt war. Es gab einen Kanal durch die Stromschnellen, durch den man absolut sicher passieren konnte, aber dieser Wasserstrahl durch die Teufelsrutsche war manchmal selbst für die erfahrensten Flussfahrer eine tödliche Falle. Eine halbe Meile unterhalb der Stromschnellen befand sich der Zusammenfluss der beiden Flüsse. Der Anblick der tosenden weißen Wassermassen und der düsteren und kolossalen Erhabenheit der Teufelsrutsche, einer Stütze der Hügel, war sehr schön.

Aber hier gab es mehr als nur die Landschaft, die uns interessierte, denn ein Boot mit drei Personen fuhr schnell auf die Rutsche zu. Sie hatten offenbar die Absicht, diese tückische Passage zu wagen, die in einer Reihe von Wirbeln gipfelte, die selbst für den besten Ruderer eine Gefahr darstellten. Sie waren sich ihrer Gefahr sicherlich nicht bewusst, denn über das Wasser ertönte die lachende Stimme eines Mannes, und die beiden Frauen im Boot waren in einer unbekümmerten Haltung. Roscoe rief ihnen etwas zu und winkte sie zurück, aber sie schienen es nicht zu verstehen.

Der Mann winkte uns mit dem Hut zu und ruderte weiter. Wir hatten nur eines zu tun: schnell durch den sicheren Kanal der Stromschnellen zu gelangen und bei Bedarf auf der anderen Seite der Rutsche von Nutzen zu sein. Wir beugten uns zu den Rudern und das Boot schoss durch das Wasser.

Ruth hielt das Ruder fest, und ihre junge Schwester und Mrs. Revel saßen vollkommen still. Aber der Mann im anderen Boot, der zweifellos glaubte, dass wir ein Wettrennen versuchten, verstärkte seine Anstrengungen mit der Strömung des Kanals. Ich befürchte, dass ich einige Worte leise gesagt habe, die kaum dazu geeignet wären, in der Gegenwart von Jungfrauen und einem Geistlichen gesprochen zu werden. Roscoe war hier jedoch hundertmal mehr Seemann als Pfarrer. Er sprach mit leiser, fester Stimme, während er Ruth Devlin oder mir hin und wieder eine Richtung vorschlug. Unser Boot schwankte und stürzte in den Stromschnellen, und das Wasser überschwemmte uns ein- oder zweimal leicht, aber wir kamen sicher durch die Passage und hatten uns der Rutsche zugewandt, bevor das andere Boot den felsigen Torbogen erreichte.

Wir ruderten hart. Die nächste Minute war voller Spannung, denn wir sahen das Boot unter dem Torbogen schießen. Plötzlich tauchte es auf, ein wirbelndes Spielzeug in tückischen Wirbeln. Der Mann wedelte wild mit dem Arm und rief uns etwas zu. Die Frauen hielten sich an den Seiten des Bootes fest, schrien aber nicht. Wir konnten die Gesichter der Frauen noch nicht deutlich erkennen. Das Boot rannte vorwärts wie ein Rennpferd; es stürzte hin und her. Ein Ruder brach in den Felsen, und das andere schoss dem Mann aus der Hand. Nun drehte sich das Boot immer wieder und senkte sich auf die Mulde eines Strudels zu. Als wir nur noch wenige Ruten von ihnen entfernt waren, schien es aus dem Wasser zu steigen, wurde auf einen Felsen geschleudert und stürzte um. Mrs. Revel vergrub ihr Gesicht in ihren Händen, und Ruth stöhnte leicht, aber sie hielt das Ruder fest, als wir uns schnell den im Wasser kämpfenden Gestalten näherten. Glücklicherweise hatten alle das überflutete Boot gepackt und wurden flussabwärts auf uns zugetragen. Der Mann kümmerte sich entschlossen um sich selbst, aber eine der Frauen hatte ihren Arm um die andere gelegt und stützte sie. Wir brachten unser Boot nahe an die wirbelnde Strömung. Ich rief aufmunternde Worte und wollte gerade ins Wasser springen, als Roscoe mit heiserer Stimme rief: „Marmion, hier ist Mrs. Falchion.“

Ja, es war Frau Falchion; aber das hatte ich schon vorher gewusst. Wir hörten ihre Worte an ihre Begleiterin: „Justine, schau nicht so. Dein Gesicht ist wie der Tod. Es ist hasserfüllt.“

Dann steuerte das Boot auf das glattere Wasser zu, in dem wir uns befanden. Das war meine Chance. Roscoe warf mir ein Seil zu, und ich stürzte mich hinein und schwamm auf das Boot zu. Ich sah, dass Frau Falchion mich erkannte; aber sie stieß keinen Ausruf aus, ebenso wenig wie Justine Caron. Ihr Begleiter auf der anderen Seite des Bootes betete jedoch beredt um Rettung. Ich fing den Bug des an mir vorbeirasenden Bootes auf und schwang es mit aller Kraft auf das glattere Wasser zu. Ich ließ das Seil, das ich mitgebracht hatte, durch den Eisenring am Bug laufen und war darüber sehr froh; denn ihr Leben hing vielleicht davon ab, dass sie es schaffen konnten. Es war eine schöne Chancenkalkulation gewesen, aber es war erledigt. Roscoe beugte sich sofort zu den Rudern, ich warf einen Arm um Justine, und einen Augenblick später hatte Roscoe uns in sicherere Quartiere geschleppt. Dann zog er das Seil ein. Dabei sagte Frau Falchion: „Justine würde so leicht ertrinken, wenn man sie zulassen würde."

Das waren ihre ersten Worte an mich. Ich bin sicher, dass ich den bloßen Mut der Frau und ihre Geistesgegenwart in Gefahr nie genug bewundern kann. Unmittelbar danach sagte sie – und anschließend kam es mir wunderbar vor: „Diesmal sind Sie mehr als nur der Refrain des Stücks, Dr. Marmion."

Eine Minute später wurde Justine in unser Boot gezerrt und ihr folgte Frau Falchion, deren erste Worte an Roscoe lauteten: „Es ist kein Treffen, wie man es planen würde."

Und er antwortete: „Ich bin froh, dass dir kein Schaden zugefügt wurde."

Dem Mann wurde ordnungsgemäß geholfen. Ein armes Geschöpf war er, um von dieser Geschichte auszugehen, als er sie schmachvoll und schließlich hier betrat. Ich verheimliche sogar seine Nationalität, denn seine Rasse ist im Allgemeinen ritterlicher. Aber er war wohlhabend, hegte eine große Bewunderung für Mrs. Falchion und hatte es geschafft, sie in seinem Boot festzuhalten und sich vom Rest der Picknickgruppe abzugrenzen – hauptsächlich durch sein ineffizientes Rudern.

Da Mrs. Falchion von Wasser triefte, schien sie seltsamerweise nicht ernsthaft benachteiligt zu sein. Fast jede andere Frau hätte das getan. Sie war ein wenig blass, sie muss sich elend gefühlt haben, aber sie akzeptierte Ruth Devlins gute Dienste – ebenso wie Justine Caron die von Mrs. Revel – mit großer Selbstbeherrschung, musterte dabei kritisch ihr Gesicht und ihre Gestalt und warf gelegentlich einen Blick zu auf Roscoe, der jetzt kalt und teilnahmslos war. Ich habe noch nie einen Mann gekannt, der den Ausdruck aus seinem Gesicht verbannen konnte, wenn es nötig war. Als ich lange später mit Belle Treherne über Mrs. Falchions selbstbeherrschtes Auftreten bei dieser Gelegenheit sprach und darüber, wie sie der Situation überlegen war, wurde mir gesagt, dass ich die Sache poetisch und dramatisch betrachtet haben müsse, denn keine Frau könne unmöglich selbstbewusst wirken. besessen in zerschlissenen Röcken. Sie sagte, dass ich bestimmte Qualitäten von Frau Falchion immer hervorgehoben habe.

Das mag sein, und doch muss man bedenken, dass ich ihr gegenüber nicht veranlagt war und dass ich ihr eine gute Ferne von Roscoes Aufenthaltsort wünschte.

Was Justine Caron betrifft, sie lag mit dem Kopf auf Mrs. Revels Schoß und blickte Roscoe unter schweren Augenlidern voller Dankbarkeit an und – aber nein, sie ist in der Geschichte nur eine untergeordnete Person und kein Hauptfaktor, und was was sie hier gesagt oder getan hat, hat in diesem Moment keine entscheidende Bedeutung! Wir ruderten bis zu einem Punkt in der Nähe des Zusammenflusses der beiden Flüsse, wo wir unsere Boote zurücklassen konnten, um durch die Stromschnellen zurückzufahren oder an ihnen vorbei transportiert zu werden.

Unterwegs sagte Frau Falchion zu Roscoe: „Ich wusste, dass Sie irgendwo in den Rocky Mountains waren; und als ich aus San Francisco in Vancouver ankam, hörte ich, dass Sie hier waren. Ich hatte vorgehabt, irgendwo in den Bergen einen Monat zu verbringen." Ich kam nach Viking und weiter ins Sommerhotel: Aber das ist wirklich zu aufregend für Erholung."

Dies wurde mit fast fröhlicher äußerer Art gesprochen, aber in ihren Worten lag eine Note, die mir nicht gefiel, und ich fand auch nicht, dass ihr Blick sehr freundlich war, besonders als sie Ruth Devlin und danach Roscoe ansah.

Wir hatten noch mehrere Meilen vor uns, und als wir im Hotel ankamen, brach bereits die Nacht an – wofür Frau Falchion ihre tiefe Dankbarkeit ausdrückte. Unsere Abschiedsworte waren so kurz wie zwangsläufig auf unserer Reise durch die Berge, denn die Damen waren auf den Pferden geritten, die wir von Viking herübergeschickt hatten, und wir Männer gingen voran. Außerdem waren die Gedanken einiger von uns durchaus nicht frei von Bedenken. Der Geist, der am Abend zuvor von Roscoe Besitz ergriffen hatte, schien in uns alle einzudringen, sogar in Mrs. Falchion, die etwas die Souveränität verloren hatte, mit der sie die Situation im Boot gemeistert hatte. Aber an der Tür des Hotels sagte sie fröhlich: „Natürlich wird Dr. Marmion es für nötig halten, morgen seine Patienten zu besuchen – und der Geistliche auch seine neuen Gemeindemitglieder."

Die Antwort wurde mir überlassen. Ich sagte ernst: „Seien wir dankbar, dass sowohl der Arzt als auch der Geistliche aufgefordert sind, ihre Aufgaben wahrzunehmen; es hätte leicht nur Letzteres sein können."

„Oh, sei nicht beerdigt!" Sie hat geantwortet. „Ich wusste, dass wir nicht an der Teufelsrutsche ertrinken würden. Das Drama ist noch nicht zu Ende, und die Hauptdarsteller können nicht vor dem ‚Vorhang' gehen. – Obwohl ich fürchte, dass das nicht ganz orthodox ist, nicht wahr, Mr. Roscoe? ?"

Roscoe sah sie ernst an. „Es ist vielleicht nicht orthodox, wie es heißt, aber es ist orthodox, denke ich, wenn wir Gott gegen Schicksal und Vorsehung gegen Zufall eintauschen … Gute Nacht."

Er sagte das müde. Sie blickte ironisch zu ihm auf, streckte dann ihre Hand aus und wünschte ihm schnell eine gute Nacht. Alle verabschiedeten sich, und nachdem ich Mrs. Falchion und Justine Caron einige Anweisungen bezüglich der Vorbeugung gegen Krankheiten gegeben hatte, machten wir uns auf den Weg nach Sunburst.

Unterwegs konnte ich nicht anders, als Ruth und Amy Devlin, diese beiden sanften, aber starken Bergmädchen, mit der Frau zu vergleichen, die wir zurückgelassen hatten. Ihr Leben war weit entfernt von der schmerzlichen Flut, die, wenn sie durch eine selbstsüchtige Welt fegt, den Makel zersetzender Leidenschaften hinterlässt; voller Grausamkeiten, Undankbarkeit, Hass und Katastrophen. Wir sind alle auf die eine oder andere Weise ehrgeizig. Wir erklimmen Berge über Schlacke, die ausfranst, und Lava, die brennt. Wir versuchen, die Sterne herbeizurufen, und wenn unsere Beschwörung ab und zu gelingt, stellen wir fest, dass unsere Sterne nur Meteore sprengen. Ein moralisches Missgeschick lähmt den Charakter für immer. Ein Fehlstart beraubt uns unserer natürlichen Stärke, und eine fehlgeleitete oder ungerechte Liebe tötet die Seele und zerstört gerechte Vorstellungen vom Leben.

Einem Menschen kann eine Sünde vergeben werden, aber die Wirkung bleibt bestehen; es hat seinen Platz in seiner Verfassung gefunden und kann weder durch bloße Buße noch durch Vergebung ersetzt werden. Ein Mann irrt, und er muss leiden; sein Vater hat sich geirrt, und er muss es ertragen; oder jemand hat gegen den Mann gesündigt, und er hat die Sünde verborgen – Aber hier berührte eine Hand meine Schulter! Ich war erschrocken, denn meine Gedanken waren weit weg gewesen. Roscoes Stimme sprach in meinem Ohr: „Es ist, wie sie gesagt hat; die Schauspieler kommen für den ‚Vorhang' zusammen."

Dann trafen seine Augen auf die von Ruth Devlin, die ihn ernst und fragend ansah. Und ich empfand einen Moment lang ein hartes Gefühl gegen Roscoe, weil er indirekt und unfreiwillig Leid in ihr Leben bringen sollte. In der Jugend, im frühen Mannesalter tun wir Unrecht. Zu diesem Zeitpunkt scheinen wir niemandem außer uns selbst Schaden zuzufügen; Aber im Laufe unseres Lebens stellen wir fest, dass wir demjenigen Unrecht getan haben, der in Zukunft in unser Leben treten sollte. In diesem Moment sagte ich mir wütend: „Welches Recht hat er, ein solches Mädchen zu lieben, wenn er doch irgendetwas in seinem Leben hat, das sie unglücklich machen oder sie auch nur im Geringsten gefährden könnte!"

Aber ich biss mir auf die Zunge, denn es kam mir vor, als wäre ich ein Pharisäer; und ich fragte mich ziemlich verächtlich, ob ich so empört gewesen wäre, wenn das Mädchen nicht so schön, jung und naiv gewesen wäre. Ich versuchte, nicht weiter über die Sache nachzudenken und redete viel mit Ruth – Gait Roscoe ging mit Mrs. Revel und Amy Devlin –, aber ich

merkte, dass ich es nicht aus meinem Kopf verbannen konnte. Das war nicht
unnatürlich, denn war ich nicht der „Chor des Stücks"?

# KAPITEL XIII

## DAS LIED DER SÄGE

Am nächsten Morgen war in Roscoes Verhalten immer noch eine gedämpfte Note zu spüren. Er war blass. Er sprach jedoch freimütig über die Angelegenheiten von Viking und Sunburst und über Geschäfte, die ihn an diesem Tag zu Mr. Devlins großer Sägemühle führten. Wenige Augenblicke nach dem Frühstück standen wir in der Tür. „Nun", sagte er, „sollen wir gehen?"

Ich war mir nicht ganz sicher, wohin er gehen wollte, aber ich nahm meinen Hut und gesellte mich zu ihm. Ich fragte mich, ob es das Sommerhotel oder die große Mühle sein würde. Meine Aufgabe lag in Richtung Hotel. Als wir ausstiegen, fügte er hinzu: „Lasst uns den Reitweg am Rande der Schlucht entlang zum Hotel nehmen."

Der Morgen war wunderschön. Die Atmosphäre des Waldes war von sanftem, diffusem Grün – das Sonnenlicht drang durch die transparenten Blätter. Lauben aus zarten Farnen und Weinreben säumten den Weg, und gelegentlich lud uns eine Gruppe riesiger Zedern ein: Die Welt war beredt.

Mehrere Touristen auf der Veranda des Hotels bemerkten uns neugierig, als wir eintraten. Ein Diener sagte, dass Frau Falchion sich freuen würde, uns zu sehen; und wir wurden in ihr Wohnzimmer geführt. Sie trug keine Spur von dem gestrigen Missgeschick. Sie machte einen großartigen Eindruck. Und doch, als ich noch einmal hinsah, als ich Zeit hatte, über Einzelheiten nachzudenken und sie zu beobachten, sah ich Anzeichen einer Veränderung. In den Augen lag Aufregung und darunter eine leichte nervöse Dunkelheit, was ihren Charme noch verstärkte. Sie erhob sich lächelnd und sagte: „Ich fürchte, ich habe kaum Anspruch auf diesen Besuch, denn ich bin über die Genesung hinaus, und Justine braucht, wie Sie sehen, keine Auseinandersetzung oder Diagnose."

Ich war mir von Justine Caron nicht so sicher, wie sie war, und als ich ihr meine Aufwartung gemacht hatte, sagte ich ein wenig arrogant (denn ich war jung), aber immer noch nicht zu feierlich: „Ich kann Ihnen nicht erlauben, für mich über meine Entscheidung zu sprechen." Patienten, Frau Falchion; ich muss meine eigenen Nachforschungen anstellen.

Aber Frau Falchion hatte recht. Justine Caron litt nicht sehr unter ihrem Untertauchen; Allerdings war ihre Temperatur beruflich gesehen höher als normal. Aber das könnte an einem spontanen Impuls liegen, denn Justine war von Natur aus ein wenig aufgeregt.

Wir gingen zur Seite und als sie mich mit einem Lächeln im Gesicht ansah, sagte sie: „Du erinnerst dich an einen Tag auf der ‚Fulvia', als ich dir sagte, dass Geld alles für mich sei und dass ich alles tun würde, was ich ehrenhaft tun könnte." es bekommen?"

Ich nickte. Sie fuhr fort: „Es ging darum, dass ich eine Schuld bezahlen könnte – das wissen Sie. Nun, Geld ist nicht länger mein Gott, denn ich kann alles bezahlen, was ich schulde. Das heißt, ich kann das Geld bezahlen, aber nicht das Gute, das Edle." Er ist sehr gut, nicht wahr? Die Welt ist besser, dass solche Männer wie Kapitän Galt Roscoe leben – ach, ich frage mich, ob ich ihn jemals als Geistlichen betrachten werde!" Sie wurde plötzlich still und geistesabwesend, und in der kurzen Pause drangen einige ironische Worte in Frau Falchions Stimme durch den Raum zu mir: „Es ist so seltsam, Sie so zu sehen. Und Sie predigen und taufen; und heiraten und." Begraben und kümmern Sie sich um die Armen und – ach, was ist das? – „alle, die in diesem vergänglichen Leben in Trauer, Not, Krankheit oder anderen Widrigkeiten sind"? Fleischtöpfe Ägyptens? Sehnst du dich nie nach" – hier war ihre Stimme nicht ganz so klar – „nach der Vergangenheit?"

Ich war mir sicher, dass er bei allem, was sie tat, versucht hatte, das Gespräch sozusagen an der Oberfläche zu halten. Ich war mir ebenso sicher, dass er auf ihre letzte Frage keine Antwort geben würde. Obwohl ich jetzt mit Justine Caron sprach, hörte ich ihn ganz ruhig und bestimmt sagen: „Ja, ich predige, taufe, heirate und begrabe und tue alles, was ich kann, für diejenigen, die Hilfe brauchen."

„Die Leute hier sagen, dass du gut und barmherzig bist. Du hast die Herzen der Bergsteiger gewonnen. Aber du hattest schon immer eine Gabe darin." – Ihr Ton gefiel mir nicht. – „Man könnte fast meinen, du hättest eine gegründet Und wenn ich gestern ertrunken wäre, hättest du eine kleine Predigt über mich gehalten so ein Fall?"

In der Antwort lag ein ernster, fast bitterer Protest.

„Entschuldigen Sie, wenn ich Ihre Frage nicht beantworten kann. Ihr Leben wurde gerettet, und das ist alles, woran wir denken müssen, außer der Vorsehung dankbar zu sein. Die Pflichten meines Amtes haben nichts mit Möglichkeiten zu tun."

Sie quälte ihn offensichtlich, und ich sehnte mich danach, ein Wort zu sagen, das sie quälen würde. Sie fuhr fort: „Und die Fleischtöpfe – Sie haben nicht darüber geantwortet: Sehnen Sie sich nicht danach – gelegentlich?"

„Sie stammen aus einer Zeit", antwortete er, „zu fern, um sie zu bereuen."

„Und doch", antwortete sie sanft, „habe ich letztes Jahr in London manchmal geglaubt, dass du dieser antiken Zeit – diesen Lotos-Tagen – nicht entwachsen bist."

Er antwortete nicht sofort, und in der Pause gingen Justine und ich ohnmächtig auf die Veranda.

„Wie lange hat Frau Falchion vor, hier zu bleiben, Miss Caron?" Ich sagte.

Ihre Antwort war zögernd: „Ich weiß es nicht genau; aber ich denke, es wird irgendwann                                        dauern.
Ihr gefällt der Ort; es scheint ihr Spaß zu machen."

„Und du – amüsiert es dich?"

„Es spielt keine Rolle, was mich betrifft. Ich bin Madames Dienerin, aber es macht mir in der Tat keinen besonderen Spaß."

„Gefällt dir der Ort?"

Die Antwort war etwas hastig und sie sah mich etwas nervös an. „Oh ja", sagte sie, „ich mag den Ort, aber –"

Hier erschien Roscoe an der Tür und sagte: „Mrs. Falchion möchte die Mühlen von Viking und Mr. Devlin sehen, Marmion. Sie wird mit uns gehen."

Bald waren wir auf dem Weg nach Viking. Ich ging mit Mrs. Falchion und Roscoe mit Justine. Mir war ein neues Element in Frau Falchions Verhalten bewusst. Sie wirkte auf mich weniger attraktiv als früher, war aber auf jeden Fall schöner. Es war schwierig, das neue Merkmal zu erkennen. Aber schließlich glaubte ich, es an einem Nachlassen dieser kalten Gelassenheit, dieser Gleichgültigkeit zu erkennen, die in der Vergangenheit so faszinierend war. An ihre Stelle war ein anspielendes, unruhiges Etwas getreten, das in Worten von beunruhigender Unbestimmtheit, in wechselnden Stimmungen, in einer erhöhten Sensibilität des Geistes und einem Unterton emotionaler Bitterkeit zu finden war – sie war endlich emotional! Sie verwirrte mich sehr, denn ich sah zwei Geister in ihr: einen erbarmungslosen wie in alter Zeit; der andere Mensch, ängstlich, nicht unliebsam.

Schließlich verstummten wir und gingen eine Zeit lang Seite an Seite. Dann sagte sie mit diesem alten entzückenden Egoismus und Egoismus – entzückend in seiner Kühnheit –: „Nun, amüsieren Sie mich!"

„Und ist es immer noch das Ende Ihrer Existenz", entgegnete ich, „um sich zu amüsieren?"

„Was gibt es sonst noch zu tun?" sie antwortete mit Spott.

„Viel. Um andere zum Beispiel zu amüsieren; Menschen als etwas mehr als Automaten zu betrachten."

„Hat Mr. Roscoe Sie zum Prediger ernannt? Ich habe Amshar bei den Tanks geholfen."

„Das vergisst man nicht. Dennoch hast du Amshar mit deinem Fuß gestoßen."

„Haben Sie erwartet, dass ich den schwarzen Feigling küsse? Dann habe ich Mr. Roscoe während seiner Krankheit gepflegt."

„Und davor?"

„Und davor wurde ich in die Welt hineingeboren und erlangte jahrelanges Wissen und lernte, was für Narren wir Sterblichen sind, und – und da – ist das große Sägewerk von Mr. Devlin?"

Plötzlich waren wir auf einem Felsvorsprung des Berghangs aufgetaucht und blickten hinunter in das Long Cloud Valley. Es war ein edler Anblick. Weit im Norden lagen Ausläufer, die mit der herrlichen Norfolk-Kiefer bewachsen waren und sich in Steppen erhoben, bis sie weiße Schneeplateaus zu berühren schienen, die sich wiederum zu Gletscherfeldern wölbten, deren strenge Brüste noch nie von Menschenhand berührt worden waren; Und diese hoben plötzlich riesige, unzugängliche Schultern empor, gekrönt von majestätischen Gipfeln, die die Sonne, den Sturm und die Wirbelstürme des Nordens in ihren Zähnen aufnahmen und ihr Gesicht von Tag zu Jahr und von Jahr zu Zeitalter nie veränderten.

Dieser langen Linie der Herrlichkeit gegenüber, die unregelmäßig auf das Meer zulief, wohin Franklin und M'Clintock ihre fröhlichen Abenteurer – die kühnen Schiffe – führten, lag ein anderes Ufer, nicht so hoch oder so hoch, aber hoch und düster und warm, durch dessen endloses Meer Dort krochen Kiefernwälder und ließen den großzügigen Chinook-Wind wehen – den beruhigenden Hauch des freundlichen Pazifiks. Zwischen diesen Ufern verlief der Long Cloud River; mal stürmisch, mal sanft, mal dahinwälzend durch lange Kanäle, umspülende Schluchten immer dunkel, als wären sie vom Winter beschattet, und Täler immer grün, wie vom Sommer begünstigt. Auf einem hohen, schmalen Pfad am jenseitigen Ufer kroch ein Maultierzug entlang, der Rucksäcke trug, die erst geöffnet wurden, als sie über die großen Pässe des Berges auf den Boden von Festungen und Posten auf der Ostseite der Rocky Mountains verschüttet wurden.

Nicht weit von der Stelle entfernt, an der der Maultierzug vorbeikroch, befand sich ein großes Loch im Berghang, als hätten sich antike Hügelriesen hindurchgegraben, um sich dort ein Zuhause zu schaffen oder das ewige Geheimnis der Berge zu finden. In der Nähe dieses riesigen dunklen Hohlraums befand sich eine Hütte – ein bloßes Spielhaus, so klein schien sie, von unserem Standpunkt aus gesehen. Vom Rand einer Klippe direkt vor dieser Hütte schwang ein langes Kabel, das fast bis zum Fuß des Ufers unter uns reichte; Und noch während wir hinsahen, sahen wir etwas, das aussah wie ein winziger Eimer, der langsam die seltsame Hypotenuse hinunterschaukelte. Wir beobachteten es, bis wir sahen, wie es im Tal unten, nicht weit von der großen Mühle, zu der wir unterwegs waren, das Ende seiner Reise erreicht hatte.

„Wie mysteriös!" sagte Frau Falchion. „Was bedeutet das? So etwas habe ich noch nie gesehen. Was für eine wundervolle Sache!"

Roscoe erklärte. „Dort oben in dieser Hütte", sagte er, „lebt ein Mann namens Phil Boldrick. Er ist ein einzigartiger Kerl mit einer seltsamen Geschichte. Er war Bergmann, Seemann, Waldarbeiter, Flussfahrer, Fallensteller, Lachsfischer; – Experte für die Aufgaben jedes einzelnen. Er hat eine Vorliebe für das Geniale und das Ungewöhnliche. Eine Zeit lang war er auf die Idee gekommen, das zu liefern Tal mit bestimmten Notwendigkeiten, indem er die Maultierzüge abfing, als sie über die Hügel fuhren, und sie mittels dieses Kabels nach Viking brachte. Die Männer aus dem Tal sagten, es sei unmöglich, zu Herrn Devlin zu gehen . Devlin kam zu mir, wie Sie wissen, und ich dachte, die Sache sei machbar, aber teuer, aber die Genialität der Sache gefiel Herrn Devlin Dieses einzigartige Unternehmen, das ihn auf andere Weise zu einem reichen Mann gemacht hat, hat er zu seiner Vollendung entschlossen. Gemeinsam haben wir es geschafft. Wie Sie sehen, betreibt Boldrick seine Luftseilbahn mit beachtlichem Erfolg."

„Ein einzigartiger Mann", sagte Frau Falchion. „Ich würde ihn gerne sehen. Kommen Sie, setzen Sie sich hierher und erzählen Sie mir alles, was Sie über ihn wissen, nicht wahr?"

Roscoe stimmte zu. Ich arrangierte einen Platz für uns und wir setzten uns alle.

Roscoe wollte gerade anfangen, als Frau Falchion sagte: „Warten Sie eine Minute. Schauen wir uns zuerst diese Szene an."

Wir schwiegen. Nach einem Moment wandte ich mich an Frau Falchion und sagte: „Es ist wunderschön, nicht wahr?"

Sie holte tief Luft, ihre Augen leuchteten, und sie sagte mit einer seltsamen Unbeschwertheit: „Ja, es ist herrlich zu leben."

Es schien so, trotz der Vorahnungen meines Freundes und meines eigenen Unbehagens gegenüber ihm, Ruth Devlin und Mrs. Falchion. Der Ort war voller Frieden: eine sehr Monotonie der Mühe und des Vergnügens. Die Hitze strömte durch das Tal hin und her in sichtbarem Herzklopfen auf die Dächer der Häuser, die Mühlen und die riesigen Holzhaufen: All dies schien zu atmen. Es sah aus wie ein geschäftiges Arcady. Unter uns vibrierte das Leben mit der Regelmäßigkeit eines Pulsschlags: Die Entfernung gab der Arbeit eine Art beglückende Leichtigkeit. Das Ereignis schien zu schlafen.

Aber wenn ich jetzt, nach einigen Jahren, auf die Erlebnisse dieses Tages zurückblicke, bin ich erstaunt über das Feuer der Ereignisse, die leider nicht nur Freude waren.

Während ich schreibe, kann ich den scharfen, wilden Gesang der Säge aus der Ferne hören, mit einer angenehmen, seltsamen Hochstimmung. Die große Mühle hing mit offenen Seiten über dem Fluss und summte vor Arbeit, wie ich sie bei meinem Besuch in Roscoe schon oft gesehen hatte. Die Sonne schien darauf und bildete an seinen Seiten einen breiten Platz aus Licht. Dahinter waren angenehme Schatten, durch die Männer bei ihrer Arbeit gingen und gingen. Das Leben war damit beschäftigt. Dennoch war das Bild kühn, offen und stark. Große eiserne Hände griffen ins Wasser, klammerten sich an einen massiven Baumstamm oder ein riesiges Holzstück, zogen es leicht die Rutsche aus dem Wasser hinauf, wo es, geführt von den Handstacheln der Männer, auf seine Wiege gelegt und langsam zum Wasser getragen wurde Verschlingende Zähne der Sägen: dazu da, in feuchten Schichten durch Rippen und Knochen geschnitten zu werden, aus denen der süße Saft ihrer Fasern sickert; und wieder ins Freie getragen, um unter den Auspuffrohren der Sonne zu trockenen Knochen ausgetrocknet zu werden: Haufen auf Haufen; Häuser mit breiten Ritzen, durch die der Wind wehte, auf der Suche nach Mietern und die er nicht fand.

Im Norden schwammen Baumstämme in der Strömung und warteten auf ihren Verschlinger. Hier und da waren Gruppen von Flussfahrern und ihren Vorarbeitern unterwegs, die verdrehte Baumstämme von den Felsen oder vom Ufer ins Wasser hoben. Andere Gruppen von Flussfahrern waren an den Ufern verstreut und hoben ihre riesigen roten Kanus hoch oben auf die Plattformen, nachdem die Arbeit des Flussfahrens im Frühling und Sommer erledigt war; während andere im Gras faulenzten oder träge durch das Dorf wanderten, sich mit den Chinesen vergnügten oder den in der Sonne faulenzenden Indianer hätschelten – eine grelle Gestalt, die stoisch das Vordringen der Zivilisation beobachtete. Die Stadt selbst war klein, aber freundlich: kleine Häuser und große Hütten; Der einzige bemerkenswerte und würdige Ort war das neue Rathaus, das stark im Schatten der großen Mühle und sogar der beiden kleineren Mühlen stand, die es im Norden und Süden flankierten.

Aber Viking war voller Männer, die das starke Leben der Berge eingeatmet hatten, der Natur etwas von ihrer muskulösen Kraft gestohlen hatten und sich vor ihr aufstellten, als ob ein Mann so groß wie ein Berg und so schön anzusehen wäre. Von einem solchen Mann sollte uns Galt Roscoe erzählen. Seine eigenen Worte werde ich nicht wiedergeben, aber ich werde über Phil Boldrick sprechen, wie ich ihn in Erinnerung habe und wie Roscoe ihn uns beschrieben hat.

Von allen Männern im Tal war keiner so beeindruckend wie Phil Boldrick. Von allen Gesichtern war seins das einzigartigste; Von allen Charakteren ist er der einzigartigste; Von allen Menschen hatte er am meisten Pech, abgesehen von einer Sache: der Achtung seiner Mitmenschen. Andere würden vielleicht Schätze anhäufen, er nicht; andere verlieren beim Glücksspiel Geld, er nicht – er hatte nie viel zu verlieren. Aber dennoch tat er alles großartig. Seine Handbewegung war ausladend, sein Schritt war schwankend und entschlossen, seine übermächtige, brüderliche Fähigkeit war immer in vollem Gange. Viking war sein Adoptivkind; so sehr, dass ein Gentleman, ein Flussfahrer, es Philippi nannte; und unter diesem Namen wurde es manchmal verwendet, und unter denen, die es früher kannten, ist es immer noch so.

Andere könnten unter bestimmten Umständen Zweifel an der richtigen Vorgehensweise haben; bei Phil war es nicht so. Sie könnten eine Sache mündlich besprechen, er tat dies im Geiste und gab mündlich ein Urteil darüber ab. Er war endgültig, nicht orakelhaft. Eines seiner Augen war aus Glas und blau; der andere hatte etwas Exzentrisches und war von einem tiefen und meditativen Grau. Es war ein weises und wissendes Auge. Es wurde zu vielen Dingen erzogen – wie ein Diener in einer großen Familie. Eine Seite seines Gesichts wirkte ernst, wegen des fröhlichen, aber unveränderlichen blauen Auges, die andere war ernst, humorvoll und klug verspielt. Seine Mitbürger respektierten ihn; so sehr, dass sie beabsichtigten, ihm ein Büro in der neu gegründeten Körperschaft zu geben; Das bedeutet, dass er Mut und Offenheit hatte und dass er das grobe, geradlinige Evangelium des Westens richtig interpretierte.

Wenn ein Fremder an den Ort kam, wurde Phil zuerst zur Erkundung geschickt; Wenn eine Veranstaltung gewünscht war, wurde Phil gebeten, sie zu arrangieren. Wenn es um Gerechtigkeit ging, hatte Phils Meinung erhebliches Gewicht – denn er hatte viel mehr Freizeit als andere wohlhabendere Männer; Wenn ein Mann krank wurde (das war in den Tagen, bevor ein Arzt kam), wurde Phil gebeten, zu erklären, ob er „vor dem Ziel zurückschrecken" würde.

Ich hörte Roscoe mehr als einmal erklären, dass Phil für ihn so viel wert sei wie zwei Pfarrer. Nicht dass Phil überhaupt fromm gewesen wäre, noch die enthaltsamen Eigenschaften in Sprache und Appetit besessen hätten, an denen man gute Männer erkennt; aber er besaß die Gabe bürgerlicher Tugend – wichtig in einer bösen Welt und von ungewöhnlicher Bedeutung in Viking. Er hatte weder Selbstbewusstsein noch Angst; Und obwohl er in gesellschaftlichen Belangen nicht über absolutes Taktgefühl verfügte, hatte er doch die Gabe, das Richtige unverblümt oder das Falsche mit einem Hauch von Rechtschaffenheit zu tun. Er beneidete niemanden, er begehrte nichts; hatte durch Schürfen ein- oder zweimal das Vermögen anderer

Menschen gemacht, war aber selbst arm. Und im Großen und Ganzen war er zufrieden und liebte das Leben und die Wikinger.

Unmittelbar nachdem Roscoe die Berge erreicht hatte, wurde Phil zu seinem Verfechter und erklärte, dass es keinen Grund gebe, warum ein Mann nicht gesellig behandelt werden sollte, weil er ein Pfarrer sei. Phil war ein großer Reisender gewesen, ebenso wie viele, die sich schließlich in diesen Tälern niedergelassen hatten, um dem aufregenden Leben am Fluss nachzugehen: Lachse zu fangen oder Baumstämme zu treiben. Er hatte eine Zeit lang in Niederkalifornien und Mexiko gelebt und Roscoe den Namen „The Padre" gegeben, was dem Genie und Temperament der unhöflichen Bevölkerung entsprach. Und so wurde Roscoe von allen „der Padre" genannt, obwohl er nicht der Figur entsprach.

Als er seine Geschichte über Phils Leben erzählte, konnte ich nicht umhin, ihn mit den meisten Geistlichen zu vergleichen, die ich kannte oder gesehen hatte. Er hatte die bewundernswerte Leichtigkeit und das Taktgefühl eines kultivierten Weltmannes und die Offenheit und Wärme eines herzlichen Wesens, dem jedoch ein gewisser Anflug von Melancholie innewohnte. Wohin ich auch mit ihm gegangen war, hatte ich gemerkt, dass er von seinen rauen Gemeindemitgliedern und anderen, die nur im weitesten Sinne so waren, mit gut gelaunter Ehrerbietung empfangen wurde. Vielleicht wäre ihm das nicht so gut gelungen, wenn er geistliche Kleidung getragen hätte. Unter der Woche war er ohnehin von keinem anständigen Laien zu unterscheiden. Die Geistliche Uniform zieht Frauen mehr an als Männer, die, wenn sie ehrlich sprächen, sich darüber ärgern würden. Roscoe trug es nicht, weil er mehr an Männer dachte als an Funktion, an Männlichkeit als an Kleidung; und obwohl ihn dies manchmal in Schwierigkeiten mit seinen geistlichen Brüdern brachte, die den römischen Kragen und die farbige Stola und die Bandbreite des Rituals von einer hohen Intonation bis zur östlichen Position sehr lieben, gelang es ihm, zu leben und sich selbst nicht zu verschlechtern, während diejenigen, die wusste, dass er sicherlich der Bessere war.

Als Roscoe seine Geschichte beendet hatte, sagte Frau Falchion: „Herr Boldrick muss ein sehr interessanter Mann sein." und ihr Blick wanderte hinauf zu dem großen Loch im Berghang und verweilte dort. „Wie gesagt, ich muss ihn treffen", fügte sie hinzu; „Männer mit Individualität sind selten." Dann: „Dieses große ‚Loch in der Wand' ist natürlich eine natürliche Formation."

„Ja", sagte Roscoe. „Die Natur scheint es für Boldrick geschaffen zu haben. Er nutzt es als Lagerhaus."

„Wer schaut es sich an, während er weg ist?" Sie sagte. „Es gibt natürlich keine Tür zu dem Ort."

Roscoe lächelte rätselhaft. „Männer stehlen hier nicht: Das ist das unverzeihliche Verbrechen; jedes andere kann passieren und ungestraft bleiben; nicht das."

Der Gedanke schien Mrs. Falchion zu kommen. „Ich hätte es wissen können!" Sie sagte. „Das Gleiche gilt in der Südsee unter den Eingeborenen – Samoaner, Tonganer, Fidschianer und andere. Sie können – wie Sie wissen, Mr. Roscoe", – ihre Stimme hatte eine unterirdische Bedeutung – „von einem Ende zum anderen reisen." Diese Orte, und bis der Weiße sie korrumpiert, werden Sie niemals mit einem Fall von Diebstahl konfrontiert; Sie werden sie auch auf andere Weise als moralisch empfinden, bis der Weiße sie am Ende korrumpiert.

Ihre letzten Worte wurden mit einer Art Träumerei gesagt, als ob sie keinen Zweck hätten; Aber obwohl sie jetzt untätig dasaß und in das Tal darunter blickte, konnte ich sehen, dass ihre Augen einen eigenartigen Blick hatten, der sich bald auf Roscoe richtete und sich dann wieder zurückzog. Auf ihn war die Wirkung so verstörend, dass er ein wenig blass wurde, aber ich bemerkte, dass er ihrem Blick unbeirrt begegnete und mich dann ansah, als wollte er sehen, wie sehr mich ihre Rede berührt hatte. Ich glaube, ich habe in meinem Gesicht nichts gestanden.

Justine Caron war in der Szene vor uns verloren. Sie hatte, glaube ich, kaum die Hälfte des Gesagten gehört. Roscoe sagte plötzlich zu ihr: „Es gefällt dir, nicht wahr?"

"Mag ich?" Sie sagte. „Ich habe noch nie etwas so Wundervolles gesehen."

„Und doch wäre es ohne die Menschheit dort nicht so wunderbar", entgegnete Frau Falchion. „Ohne den Menschen ist die Natur niemals vollständig. Ohne die Mühlen, die Maschinen und Boldricks Kabel wäre das alles großartig, aber es wäre nicht perfekt: Es braucht den Menschen – Phil Boldrick und Co. im Vordergrund. Die Natur ist nicht an sich glücklich: sie ist nur grübelnd und traurig. Sie erinnern sich an den Berg Talili in Samoa und das Tal darüber: Wie bezaubernd und doch melancholisch es zu sein scheint, denn die Eingeborenen leben dort nie. Einer Überlieferung zufolge kam einst einer der weißen Götter vom Himmel herab, baute einen Altar und opferte ein samoanisches Mädchen – obwohl niemand genau wusste, warum: Denn dort endet die Überlieferung."

Ich hatte wieder das Gefühl, dass in ihren Worten eine verborgene Bedeutung steckte; aber Roscoe blieb vollkommen still. Mir kam es so vor, als würde ich nach und nach den Kern seiner Geschichte verstehen. Dass es ein einheimisches Mädchen gab; dass das Mädchen gestorben oder getötet worden war; dass Roscoe in irgendeiner Weise – unschuldig, wie ich zu hoffen wagte damit verbunden war; und dass Frau Falchion den Schlüssel zum Geheimnis besaß, da war ich mir sicher. Ich war mir auch sicher, dass es ihr in den Sinn gekommen war, das Geheimnis zu nutzen. Aber zu welchem Zweck, konnte ich nicht sagen. Was zwischen ihnen im vergangenen Winter in London vorgefallen war, wusste ich nicht, aber es schien offensichtlich, dass sie ihn dort wie auf der „Fulvia" beeinflusst hatte, ihren Einfluss wieder verloren hatte und nun aus Groll über den Verlust ärgerte oder Wut, oder weil sie sich wirklich um ihn kümmerte. Es könnte sein, dass sie sich darum kümmerte.

Sie fügte nach einem Moment hinzu: „Wenn man den Menschen zur Natur hinzufügt, hört sie auf zu schmollen: Das zeigt, dass die gefallene Menschheit besser ist als gar keine Gesellschaft."

Sie hatte einen angeborenen Hang zum Spott, zur spielerischen Satire, und sie erzählte mir einmal, als ich sie besser kannte, dass ihr eigenes Leid sie immer dazu brachte, über sich selbst zu lachen, selbst wenn es am schlimmsten war. Es war dieser Charakterzug, der ihr Gespräch sehr auffallend machte, es war in seinen Teilen so scharf gegensätzlich; eine herzlose Art von Satire, die den ernstesten und scharfsinnigsten Aussagen gegenübergestellt wird. Man wusste nie, wann sie ihre eigene Ernsthaftigkeit oder die ihres Gesprächspartners in Heiterkeit verwandeln würde.

Jetzt antwortete niemand sofort auf ihre Bemerkungen, und sie fuhr fort: „Wenn ich Künstlerin wäre, würde ich diese Szene gerne malen, da die Lichter nicht so hell und die Mühlenmaschinen nicht so scharf erkennbar sind. Es gibt fast zu viel Rampenlicht." Sozusagen; zu viel Ernsthaftigkeit in der Sache, oder es sollte eine Nebenwirkung von Heiterkeit geben, um sie weniger intensiv zu machen, oder von einer Tragödie, um sie weniger fotografisch zu machen; , was in der Tat komisch wäre; oder dass der Padre dort – wie amüsant sollte man ihn so nennen! – aufhören sollte, ernst zu sein, was, da es so ungewöhnlich ist, tragisch wäre, ich weiß nicht, wie wir es dem Künstler sagen sollen dass er die Chance verpasst hat, sich zu verewigen.

Roscoe sagte nichts, lächelte aber über ihre Lebhaftigkeit, während er ihre Worte mit einer Handbewegung abwies. Auch ich schwieg einen Moment; Denn während sie sprach und ich die Szene beobachtete, kam mir etwas in den Sinn, was Hungerford einmal an Bord der „Fulvia" zu mir gesagt hatte. „Marmion", sagte er, „wenn alles auf See so absolut schön und ehrlich erscheint, dass es dich begeistert und du Lust hast, Gedichte zu schreiben, dann pass auf. Da steht dir Ärger bevor. Es ist nur die hübsche Pause in der glücklichen Szene des." „Als ich auf der Brücke war, die mein Herz höher schlagen ließ, wusste ich, dass es der Teufel war, der seine stille Ouvertüre spielte." Verstehst du das Geschwätz darüber, dass Gott Blitze schickt? Es ist das alte Schlachtross da unten. – Und dann habe ich scharf Ausschau gehalten, denn ich wusste so genau wie der Regen, dass eine Schar von

Wasserspeiern auf uns herabspazieren würde oder ein Hurrikan, der uns mit Breitseiten erwischt. Und was für das Meer ein Evangelium ist, ist gut für das Land, und du wirst es auch finden, mein Sohn.

Ich hatte jetzt das gleiche Gefühl, als ich die Szene vor uns betrachtete, und ich glaube, ich schien launisch, denn sofort sagte Frau Falchion: „Nun, jetzt haben sich meine Worte bewahrheitet; die Szene kann perfekt gemacht werden. Beten Sie, Schritt." Gehen Sie hinunter ins Tal, Dr. Marmion, und vervollständigen Sie die Situation, denn Sie versuchen, ernst zu wirken, und es ist unwiderstehlich amüsant – und professionell, ich nehme an, man darf nicht vergessen, dass Sie den jungen „Sägeknochen" das Sägen beibringen. "

Ich war pikiert, genervt. Ich sagte, obwohl ich zugeben muss, dass es nicht klug formuliert war: „Frau Falchion, ich bin bereit, diese Situation zu Ende zu bringen, wenn Sie mit mir gehen; denn Sie würden für die Tragödie sorgen – und zwar in Hülle und Fülle; es würde die ganze Tragödie geben." Perihel der Elemente; dein Lächeln ist die Inkarnation des Ernstes.

Sie sah mir voll in die Augen. „Nun", sagte sie, „ist eine sehr gute Gegenleistung – ist das richtig? – und ich habe keinen Zweifel daran, dass es mehr oder weniger wahr ist; und dass ein Arzt die Wahrheit sagt und ein Professor untersteht." Und ich glaube tatsächlich, dass Sie mit der Zeit ein brillanter Gesprächspartner werden um diesen seltsamen Mann zu sehen, Mr. Boldrick.

# KAPITEL XIV

## DER WEG DES ADLERS

Wir fuhren langsam den Hang hinunter ins Dorf und wollten gerade zur großen Mühle abbiegen, als wir Mr. Devlin und Ruth auf uns reiten sahen. Wir blieben stehen und warteten auf sie. Herr Devlin wurde Frau Falchion von seiner Tochter vorgestellt, die sich sehr um Frau Falchion und Justine Caron kümmerte und überrascht schien, sie nach dem Unfall vom Vortag im Ausland anzutreffen. Ruth sagte, dass ihr Vater und sie gerade aus dem Sommerhotel gekommen seien, wo sie Frau Falchion besucht hätten. Frau Falchion dankte herzlich für die Höflichkeit. Sie schien keine Rolle zu spielen, war aber offenbar rundum dankbar; Dennoch glaube ich, dass Ruth bereits in ihrer Gegenwart etwas bemerkt hatte, das Roscoes Frieden bedrohte; während sie von Anfang an mit ihrem geübteren Instinkt die Beziehungen zwischen dem Geistlichen und seinem jungen Gemeindemitglied gesehen hatte. – Aber was hatte das mit ihr zu tun?

Zwischen Roscoe und Ruth gab es den geringsten Zwang, und ich dachte, dass das dem Gesicht des Mädchens einen besorgten Ausdruck verlieh. Unwillkürlich richteten sich die Blicke beider auf Frau Falchion. Ich glaube, dass es in diesem Moment eine Art Offenbarung zwischen den dreien gab. Während ich mit Mr. Devlin sprach, beobachtete ich sie, etwas abseits stehend, Justine Caron bei uns. Es muss eine schmerzhafte Situation für sie gewesen sein; an das junge Mädchen, weil ein Schatten über das Licht ihrer ersten Liebe lief; an Roscoe, weil der Schatten aus seiner Vergangenheit kam; an Frau Falchion, weil sie der Schatten war. Ich hatte das Gefühl, dass Ärger bevorstand. Ich wusste, dass ich in dieser Not eine Rolle spielen sollte; Denn wenn Roscoe sein Geheimnis hatte und Frau Falchion den Schlüssel dazu hatte, hatte ich auch ein Geheimnis, das ich im dringenden Bedarfsfall nutzen sollte. Ich wollte es nicht benutzen, denn obwohl es mir gehörte, gehörte es auch einem anderen. Mir gefiel der Ausdruck in Mrs. Falchions Augen nicht, als sie Ruth ansah. Ich war mir sicher, dass sie Roscoes Wertschätzung für Ruth und Ruths Wertschätzung für Roscoe verärgerte; Aber bis zu diesem Moment hatte ich es nicht für möglich gehalten, dass er ihr sehr am Herzen lag. Früher hatte sie mich beeinflusst, aber sie hatte sich nie um mich gekümmert.

Ich konnte eine Veränderung in ihr sehen. Daraus entstand dieser Blick auf Ruth, der mir wie der klauenartige Hass vorkam, der aus den Augen von Goneril und Regan schoss: und ich war mir sicher, dass es für ihn und das Mädchen wahnsinnige Schwierigkeiten geben würde, wenn sie Roscoe liebte. Bisher war sie leidenschaftslos gewesen, aber in ihr schlummerte eine Kraft, die nur auf böse Weise geweckt werden musste, um ihr eigenes Glück und das anderer zu zerstören. Sie war eine dieser vulkanischen Naturen, die sich jeder Berechnung und gewöhnlichen Lebensauffassungen widersetzte; die volle Kapazität für alle elementaren Leidenschaften haben – Hass, Liebe, Grausamkeit, Freude, Loyalität, Revolte, Eifersucht. Sie hatte von ihrer Geburt an bis jetzt noch nie Liebe für jemanden empfunden. Sie war nie geweckt worden. Sogar ihre Zuneigung zu ihrem Vater war eher pflichtbewusst als instinktiv gewesen. Sie hatte Liebe provoziert, sie aber nie geschenkt. Sie war egozentrisch, zwanghaft und unerbittlich gewesen. Sie hatte ungerührt gesehen, wie ihr Mann seinem Untergang entgegenging – soweit sie wusste, war es sein Untergang und sein Tod.

Doch als ich darüber nachdachte, bewunderte ich sie erneut. Sie war gutaussehend, unabhängig, ausgesprochen originell und besaß die Fähigkeit, Großes zu leisten. Außerdem war sie bisher nicht aktiv rachsüchtig gewesen – einfach nur passiv gleichgültig gegenüber dem Leiden anderer. Sie schien mehr auf Ergebnisse als auf Mittel zu achten. Alles, was ihr nicht gefiel, konnte sie in die Mühle der zerstörenden Götter schütten: So wie General Grant Hunderttausende Männer in das Tal des James strömte, ohne an Leben, sondern an Sieg, nicht an Blut, sondern an Triumph zu denken. Auch sie schien trotz ihrer Grausamkeit einen Sinn für wilde Gerechtigkeit zu haben, der jegliches zufällige Leid außer Acht ließ.

Ich konnte sehen, dass Mr. Devlin sich zu ihr hingezogen fühlte, wie zu jedem Mann, der sie jemals getroffen hatte; Denn schließlich ist der Mensch nur ein gewöhnlicher Sklave der Schönheit: Tugend respektiert er, aber Schönheit ist für den Menschen das Tal des Selbstmords. Dann wandte sie sich an Mr. Devlin, was Roscoe und Ruth, wie es mir schien, ausreichend unbehaglich gemacht hatte. Mit der heiteren Unbekümmertheit, die ihr bei den schwierigsten Gelegenheiten immer möglich war, sagte sie sofort, wie sie es mir schon oft gesagt hatte, dass sie zu Mr. Devlin gekommen sei, um sich für den Morgen, vielleicht den ganzen Tag, zu amüsieren. Es war ihre Art, ihre selbstsüchtige Art, Männer zu ihren Sklaven zu machen.

Mr. Devlin sagte galant, dass er zu ihrer Verfügung stünde, und fügte mit einer Art Stolz hinzu, dass es im Tal viel gebe, was sie interessieren würde; denn er war ein aufrichtiger, schroffer Mann, der ebenso schnell abfällig über das gesprochen hätte, was ihm gehörte, wenn es nicht würdig gewesen wäre, als es zu loben.

„Wohin sollen wir zuerst gehen?" er sagte. „Zur Mühle?"

„Auf jeden Fall zur Mühle", antwortete Frau Falchion; „Ich war noch nie in einer großen Sägemühle, und ich glaube, das ist sehr gut. Dann", fügte sie hinzu und deutete mit einer kleinen Handbewegung auf das Kabel, das von Phil Boldricks Horst in den Bergen herunterführt, „dann will ich." um zu sehen, was Kabel alles kann – alles, denken Sie daran."

Herr Devlin lachte. „Nun, es hat nicht viele Tricks, aber was es macht, macht es clever, dank The Padre."

„Oh ja", antwortete Frau Falchion und blickte immer noch auf das Kabel. „Der
Pater, ich weiß, ist sehr klug."

„Er ist mehr als schlau", antwortete Mr. Devlin unverblümt, der nicht scharf genug war, die leichte Ironie in ihrem Tonfall zu erkennen.

„Ja", antwortete Frau Falchion im gleichen Tonfall, „er ist mehr als klug. Mir wurde gesagt, dass er einst sehr mutig war. Mir wurde gesagt, dass er seinem Land einmal in der Südsee einen großen Dienst erwiesen hat." ."

Sie hielt inne. Ich konnte sehen, wie Ruths Augen glänzten und ihr Gesicht dunkel wurde, denn obwohl sie die leichte Ironie in ihrem Ton las, erkannte sie dennoch, dass die Geschichte, die Mrs. Falchion offensichtlich erzählen wollte, Galt Roscoe Ehre machen musste. Mrs. Falchion drehte sich müßig zu Ruth um und sah den Ausdruck in ihrem Gesicht. Ein fast unmerkliches Lächeln erschien auf ihren Lippen. Sie blickte noch einmal auf das Kabel und den Horst von Phil Boldrick, der eine wunderbare Anziehungskraft auf sie auszuüben schien. Sie wandte sich nicht davon ab, außer hin und wieder einen trägen Blick auf Mr. Devlin oder Ruth und einmal rätselhaft auf mich selbst zu werfen, und sagte:

„Es waren einmal – das ist, glaube ich, der Anfang einer schönen Geschichte – vier Kriegsschiffe, die untätig in einem bestimmten Hafen von Samoa herumtrieben. Eines der Schiffe war das Flaggschiff mit seinem Admiral Auf einem der anderen Schiffe befand sich ein Offizier, der diesen Hafen vor Jahren erkundet hatte. Er riet dem Admiral, nicht in den Hafen einzulaufen, da die Anzeichen einen Sturm vorhersagten, und er selbst war sich nicht sicher, ob seine Karte stimmte war in jeder Hinsicht richtig, denn der Hafen war eilig erkundet und sondiert worden, aber der Admiral gab den Befehl, und sie segelten ein.

„An diesem Tag kam ein gewaltiger Hurrikan heulend über Samoa herab. Er fegte über die Insel, machte Wälder aus Kakaopalmen dem Erdboden gleich, zerstörte Dörfer, erwischte die kleine Flotte im Hafen und spielte mit ihr in einem schrecklichen Wahnsinn. Nach rechts und links." Da waren Riffe, dahinter rollte eine gewaltige Brandung herbei; davor war ein Schiff, das den Hafen bewachte. Er brachte seine Sicherheit Ich glaube, er hätte vor ein Kriegsgericht gestellt werden können, weil er sein Schiff verlassen hatte, aber er war ein Mann, der große Risiken eingegangen war Zu seiner Zeit war es eine Chance von eins zu eins, aber er schaffte es – er erreichte das Ufer, reiste zum Hafen hinunter, wo die Kriegsschiffe auf die Riffe zusteuerten, aber er schaffte es nicht Nachdem er die Passage verlassen hatte, band er noch einmal ein Seil um sich und stürzte sich in die Brandung, um das Schiff des Admirals zu ergattern. Er kam furchtbar angeschlagen dort an. Sie erzählen, wie eine große Welle ihn hochhob und auf dem Achterdeck landete, genau wie man es von großen Wellen nicht erwartet. Nun ja, wie der Held in jedem Melodram dieser Art steuerte er Herrn Admiral und seine Flotte sehr hübsch aufs offene Meer hinaus.

Sie hielt inne und lächelte auf eine unergründliche Art, dann drehte sie sich um und sagte mit plötzlicher Sanftheit in der Stimme, wenn auch immer noch mit der Miene einer Person, die nicht allzu ernst genommen werden wollte: „Und, meine Damen und Herren, die …" Der Name des Schiffes, das den Weg führte, war „Porcupine"; und der Name des Helden war Commander Galt Roscoe, RN und „von solchen ist das Himmelreich!"

Für einen Moment herrschte Stille. Die Geschichte war geschickt und mit so viel Fingerspitzengefühl erzählt worden, dass Roscoe ihn nicht beleidigen konnte – was auch nicht nötig war, da er, glaube ich, kein besonderes Selbstbewusstsein empfand. Ich bin mir nicht sicher, aber er war ein wenig froh, dass ein solcher Beweis in dem Moment, als zwischen ihm und Ruth eine Art Zurückhaltung herrschte, von jemandem, von dem er Grund zu der Annahme hatte, dass er nicht ganz sein Freund war, sein Feind sein könnte, hätte vorgelegt werden können . Es war eine Art Ausgleich zu seinen Vorahnungen und zu der Gefahr, über die er jeden Moment stolpern konnte.

Für mich war die Situation fast unerklärlich; aber die Frau selbst war unerklärlich: in diesem Moment das böse Genie von uns allen, das uns allen eine Art grobe, überlegene Gerechtigkeit zuteil werden ließ. Ich war der Erste, der sprach.

„Roscoe", sagte ich, „ich habe noch nie davon gehört, obwohl ich mich an den Umstand erinnere, der in den Zeitungen stand. Aber ich bin froh und stolz, dass ich einen Freund mit einer solchen Bilanz habe."

„Und denken Sie nur", sagte Frau Falchion, „er wurde tatsächlich nicht vor ein Kriegsgericht gestellt, weil er sein Schiff verlassen hatte, um einen Admiral und eine Flotte zu retten. Aber die Methoden der englischen Admiralität sind wunderbar. Sie tun alles, um dem auszuweichen." manchmal vor einem Kriegsgericht, und manchmal geben sie sich alle Mühe, es zu beweisen.

Zu diesem Zeitpunkt hatten wir uns auf den Weg zur Mühle gemacht. Roscoe ging mit Ruth Devlin voraus. Herr Devlin, Frau Falchion, Justine Caron und ich gingen zusammen.

Mrs. Falchion fuhr sofort fort und redete, wie es mir schien, in Roscoes Hinterkopf:

„Ich habe erlebt, dass die Admiralität einen Offizier zum Austritt aus der Marine zwang, weil er eine einheimische Frau geheiratet hatte. Aber ich habe nie erlebt, dass die Admiralität einen Offizier vor ein Kriegsgericht stellte, weil er keine einheimische Frau geheiratet hatte, die er hätte heiraten sollen: aber Wie gesagt, die Art und Weise der Admiralität ist unbewunderbar.“

Ich konnte sehen, wie Roscoe seine Hand an seiner Seite umklammerte, und plötzlich sagte er über die Schulter zu ihr: „Ihre Erinnerung und Ihre Philosophie sind so wunderbar, wie die Admiralität unergründlich ist.“

Sie lachte. „Sie haben Ihre alte Gabe der Erwiderung nicht verloren“, sagte sie.
„Du bist immer noch amüsant.“

„Nun, kommen Sie“, sagte Mr. Devlin fröhlich, „mal sehen, ob es in Viking nicht etwas noch Amüsanteres als Mr. Roscoe gibt. Ich zeige Ihnen, Mrs. Falchion, die größte Säge, die jemals das Herz herausgefressen hat.“ eine Norfolk-Kiefer.

An der Mühle war Frau Falchion interessiert. Sie stellte Fragen zu den Maschinen, die Herrn Devlin sehr gefielen, sie waren so geschickt und intelligent; und sie selbst half dabei, einen riesigen Baumstamm in die Zähne der größten Säge zu geben, die mit ihren sechs aufrechten Blättern fraß und nie satt wurde. Sie bückte sich und fuhr mit ihrer unbehandschuhten Hand in das Sägemehl, das so süß war, bevor die Sonne es getrocknet hatte, wie der Duft einer Rose. Der satte Geruch des frisch geschnittenen Holzes erfüllte die Luft und ließ alle möglichen entlegenen und angenehmen Dinge vermuten. Die Industrie selbst ist eine der ersten, die mit der Invasion neuer Gebiete einhergeht, und lässt einen an die erste Arbeit des Menschen auf der Welt denken: den Baum zu fällen und den Boden zu bestellen. Es ist unmöglich, diesen wilden, jubelnden Gesang der Säge zu beschreiben, der selbst in unserer Nähe niemals schrill oder kreischend war: niemals unsere Stimmen übertönend, sondern lebendig und entzückend. Für Frau Falchion war es neu; sie war beeindruckt.

„Ich habe“, sagte sie zu Herrn Devlin, „alle möglichen Unternehmungen gesehen, aber noch nie so etwas. Es hat alles eine Art raue Musik. Es macht Spaß.“

Mr. Devlin strahlte. „Ich habe der Mühle gerade etwas hinzugefügt, das Ihnen gefallen wird“, sagte er.

Sie sah interessiert aus. Wir versammelten uns alle. Ich stand zwischen Mrs. Falchion und Ruth Devlin und Roscoe neben Justine Caron.

„Es ist die großartigste Pfeife des Landes“, fuhr er fort. „Je nach den Bedingungen der Atmosphäre ist es aus einer Entfernung von zwölf bis fünfundzwanzig Meilen zu hören. Ich möchte überall große Dinge haben, und das hier ist ein Meisterwerk, schätze ich. Jetzt lasse ich es Sie hören, wenn Sie möchten." Ich hatte nicht damit gerechnet, es heute Abend um neun Uhr zu benutzen, wenn ich auch zum ersten Mal die Mühlen mit Strom anzünden würde, was noch in keinem Sägewerk auf dem Kontinent versucht wurde . Wir werden ein paar Monate lang Tag und Nacht arbeiten.

„Das ist alles sehr wunderbar. Und sind Sie Mr. Roscoe in diesen Dingen auch zu Dank verpflichtet? – Jeder scheint ihn hier zu brauchen."

„Nun", sagte der Mühlenbesitzer lachend, „die Pfeife gehört mir. So etwas würde ich vorschlagen – sozusagen meine Trompete zu blasen; aber die Elektrizität und die ersten Experimente damit verdanke ich dem." Pater."

„Wie ich dachte", sagte sie und wandte sich an Roscoe. „Ich erinnere mich", fügte sie hinzu, „dass Sie auf der ‚Porcupine' einen elektrischen Suchscheinwerfer hatten und dass Sie Elektrizität liebten. Benutzen Sie hier jemals Suchscheinwerfer? Ich denke, sie könnten bei Ihnen von Nutzen sein." Dann könnten Sie sich zur Abwechslung mal von der Pfarrei leiten lassen, um Kontrast und Erbauung zu schaffen.

Im Moment war ich überaus wütend. Ihr Sarkasmus war gut verhüllt, aber ich konnte die sardonische Berührung unter der lächelnden Oberfläche spüren. Diese Anspielung schien so unbegründet. Ich sagte fast leise zu ihr, dass keiner der anderen es hören konnte: „Wie weiblich!"

Sie hob lediglich anerkennend die Augenbrauen und redete unbeschwert mit Mr. Devlin weiter. Roscoe war cool, aber ich konnte jetzt in seinen Augen eine Art schwelenden Zorn erkennen; was ganz meinem Wunsch entsprach. Ich hoffte, dass er nicht länger sanftmütig sein würde.

Plötzlich sagte Ruth Devlin: „Wäre es nicht besser, bis heute Abend zu warten, wenn das Lokal beleuchtet ist, bevor der Pfiff ertönt? Dann können Sie sich einen besseren ersten Eindruck verschaffen. Und wenn Frau Falchion zu uns nach Hause kommt." In Sunburst werden wir versuchen, sie für den Rest des Tages zu unterhalten – das heißt, nachdem sie hier alles gesehen hat."

Frau Falchion schien von der Offenheit des Mädchens beeindruckt zu sein und überlegte einen Moment, sagte dann aber: „Nein, danke. Wenn jetzt alles klar ist, werde ich ins Hotel gehen und mich dann zu Ihnen allen hier im Hotel gesellen." Abends, wenn das machbar erscheint, wird mich Dr. Marmion vielleicht hierher begleiten, natürlich hat er andere Aufgaben.

„Ich werde mich freuen", sagte ich mit einem boshaften Lächeln, „Sie zum Opfer der Säge zu führen."

Sie ließ sich nicht stören. Sie berührte Mr. Devlins Arm, blickte ihn schelmisch an und nickte nach hinten zu mir. „„Vorsicht vor der Anakonda!"", sagte sie.

Es war unmöglich, nicht amüsiert zu sein; Ihre Schlagfertigkeit war immer so hemmungslos. Sie entwaffnete einen durch das, was bei einem Mann unverschämte Kaltblütigkeit gewirkt hätte: bei ihr war es pikant und gewagt.

Plötzlich fügte sie hinzu: „Aber wenn wir bis zum Abend keine gewaltige Pfeife und kein elektrisches Licht haben sollen, muss ich eines haben: und das ist Ihr bemerkenswerter Phil Boldrick, der Sie alle in seiner Hand zu halten scheint. und lebt dort oben wie ein Gott auf seinem Olymp."

„Nun, nehmen wir an, Sie gehen und besuchen ihn", sagte Roscoe mit einem Anflug von trockenem Humor, den Blick auf das Kabel gerichtet, das zu Boldricks Sitzstange führte.

Sie sah ihre Gelegenheit und antwortete prompt: „Ja, ich werde ihn sofort besuchen", – hier drehte sie sich zu Ruth um – „wenn Miss Devlin und Sie mit mir gehen."

„Unsinn", warf Mr. Devlin ein. „Außerdem fasst der Käfig problemlos nur zwei. Wie auch immer, es ist absurd."

„Warum ist das absurd? Besteht eine Gefahr?" fragte Frau Falchion.

„Nicht, es sei denn, an der Maschine sitzt ein Idiot."

„Ich sollte von dir erwarten, dass du es schaffst", beharrte sie.

„Aber das hat noch keine Frau gemacht."

„Ich werde die Platte machen." Und sich an Ruth wendend: „Du hast keine Angst?"

„Nein, ich habe keine Angst", sagte das Mädchen tapfer, obwohl sie mir hinterher gestand, dass sie zwar vor nichts Angst hatte, was ihre eigenen Fähigkeiten in Frage stellen würde, wie zum Beispiel beim Bergsteigen oder sogar beim Puma-Jagd Ich hatte nicht mit Freude damit gerechnet, auf dieser Steigung zwischen Himmel und Erde hin und her zu pendeln. „Ich werde gehen", fügte sie hinzu, „wenn mein Vater es zulässt. . . . Darf ich?" fuhr sie fort und drehte sich zu ihm um.

Vielleicht kam etwas vom Stolz des Vaters in ihm hoch, vielleicht hatte er auch nur den Verdacht geschöpft, dass zwischen seiner Tochter und Frau Falchion eine unterirdische Rivalität herrschte. Wie dem auch sei, er warf beiden einen kurzen, fragenden Blick zu, blickte dann zu Roscoe und sagte: „Ich werde keine Einwände erheben, wenn Ruth Sie Phil vorstellen möchte.

Und, wie Mrs. Falchion vorgeschlagen hat, Ich werde ‚an der Kurbel drehen‘.“

Ich konnte sehen, dass Roscoe einen schlechten Moment hatte. Aber plötzlich schien er mir vollkommen bereit zu sein, dass Ruth gehen sollte. Vielleicht war es ihm ebenso wichtig, dass sie neben Frau Falchion nicht im Nachteil erschien wie ihr Vater.

Ein Signal wurde gegeben und der Käfig bewegte sich langsam das Kabel hinunter zur Mühle. Wir konnten Boldrick sehen, der am anderen Ende kaum größer als ein Kind aussah und unsere Bewegungen beobachtete. Im letzten Moment schienen Mr. Devlin und Roscoe besorgt zu sein, aber die Frauen blieben cool und entschlossen. Ich bemerkte, dass Frau Falchion Ruth ein- oder zweimal neugierig ansah, nachdem sie den Käfig betraten und bevor sie begannen, und was sie sah, gab ihr offensichtlich eine bessere Meinung über das Mädchen, denn sie legte plötzlich ihre Hand auf Ruths Arm und sagte: „Wir werden diesen einfachen Männern zeigen, was Nerven sind.“

Ruth nickte, dann wurde „Gute Reise“ gesagt und das Zeichen gegeben. Der Käfig stieg zunächst schnell, dann langsamer auf, schwankte am Kabel ein wenig auf und ab und kletterte immer höher durch die Luft zum Berghang. Was Boldrick dachte, als er die beiden auf sich zukommen sah, drückte er Mr. Devlin später am Tag in energischer Sprache aus: „Was bei ihm geschah, aber Ruth Devlin erzählte es mir später.“ Als der Käfig ihn erreichte, half er den beiden Passagieren heraus und brachte sie zu seiner Hütte. Bei Ruth war er immer ein Favorit gewesen und er empfing sie mit bewunderndem und liebevollem Respekt.

„Ich hätte nie geglaubt, dass Sie es geschafft haben, Miss Devlin – niemals! Nicht, aber was ich wusste, Sie hatten vor nichts auf der Erde unten oder vor den Gewässern unter der Erde Angst; aber wenn Sie dort über die Welt schwingen, und nicht hoch genug, um den Himmel zu erreichen, es gibt einem das Gefühl, als würden die Dinge von einem wegfallen. Aber du hast es wie ein Adler getan – du und dein Freund.

Inzwischen wurde er vorgestellt, und als er den Namen Frau Falchion hörte, legte er den Kopf schief und schaute fragend, als versuche er, sich an etwas zu erinnern, dann fuhr er sich ein- oder zweimal mit der Hand über die Stirn. Nach einem Moment sagte er: „Mir kommt jetzt merkwürdig, Ma'am, wie Ihr Name vorkommt. Es ist kein gebräuchlicher Name, und ich habe ihn schon einmal irgendwo gehört – irgendwo. Es ist nicht Ihr Gesicht, das ich habe.“ „Ich habe es schon einmal gesehen – denn ich hätte mich daran erinnert, wenn es tausend Jahre her wäre“, fügte er bewundernd hinzu. „Aber ich habe gehört, dass jemand es benutzt hat, und ich weiß nicht, wo.“

Sie sah ihn neugierig an und sagte: „Versuchen Sie nicht, sich zu erinnern, dann wird es Ihnen rechtzeitig zukommen. Aber zeigen Sie uns bitte alles über Ihre Wohnung, bevor wir zurückkehren, nicht wahr?"

Er zeigte ihnen seine Hütte, in der er ganz allein lebte. Es war mit dem Nötigsten ausgestattet und verfügte über eine Theke, hinter der Tassen und ein paar Flaschen standen. In diesem Zusammenhang sagte Boldrick: „Mäßigkeitsgetränke für die Maultiertreiber, Tabak und Tee und Zucker und Briefmarken und so. In dieser Taverne gurgeln sie mit nichts Stärkerem als Kaffee."

Dann brachte er sie zu der Höhle, in der Puma-, Bären- und Wapitifelle gestapelt waren, zusammen mit ein paar Vorräten und den Ausrüstungsgegenständen der Reisenden, die ihre Habseligkeiten in Boldricks Obhut gelassen hatten, bis sie wiederkommen sollten. Nachdem Frau Falchion und Ruth alles gesehen hatten, kamen sie auf den Berghang und winkten uns, die immer noch von unten zusahen, mit ihren Taschentüchern zu. Dann hisste Boldrick an seiner Hütte eine Fahne, die er bei Galaanlässen zur Feier des Ereignisses verwendete, und feuerte, damit nicht zufrieden, ein „Feu de Joie" ab, was auf folgende Weise gelang: Er nahm zwei Ambosse, die von den Maultiertreibern verwendet wurden, und Expressmänner, um ihre Tiere zu beschlagen, und sie legten eines über das andere und gaben dazwischen Puder. Dann stieß Frau Falchion ein glühendes Eisen in das Pulver und es kam zu einer Explosion. Ich war einen Moment lang unruhig, aber Mr. Devlin beruhigte mich, und sofort antwortete ein schriller Pfiff aus den kleinen Mühlen auf den Gruß.

Kurz bevor sie den Käfig betraten, wandte sich Mrs. Falchion an Boldrick und sagte: „Sie haben nicht versucht, sich daran zu erinnern, wo Sie meinen Namen schon einmal gehört haben? Nun, können Sie sich jetzt nicht daran erinnern?"

Boldrick schüttelte den Kopf. „Vielleicht erinnerst du dich daran, bevor ich dich wiedersehe", sagte sie.

Sie haben angefangen. Während sie das taten, sagte Mrs. Falchion plötzlich und                                                                    blickte
Boldrick scharf an: „Waren Sie jemals in der Südsee?"

Boldrick stand einen Moment lang mit offenem Mund da und rief dann laut aus, als der Käfig den Hang hinunterschwang: „Bei Jingo! Nein, Ma'am, ich war nie dort, aber ich hatte einen Kumpel, der aus Samoa kam."

Sie rief ihm zu: „Erzähl mir von ihm, wenn wir uns wiedersehen. Wie war sein Name?"

Sie waren jetzt zu weit unten am Kabel, als dass Boldricks Antwort sie deutlich erreichen könnte. Der Abstieg kam mir noch abenteuerlicher vor als der Aufstieg, und wider Willen konnte ich einen Schauer großer Aufregung nicht unterdrücken. Aber sie lächelten beide, als der Käfig uns erreichte, und beide hatten eine sehr schöne Farbe.

„Eine wunderbare Reise, ein bemerkenswerter Empfang und ein sehr einzigartiger Mann ist Ihr Mr. Boldrick", sagte Mrs. Falchion.

„Ja", antwortete Mr. Devlin, „Sie werden Boldrick lange kennen, bevor Sie seine Grenzen finden. Er ist so ziemlich der seltsamste Charakter, den ich je gekannt habe, und er macht die seltsamsten Dinge. Aber gerade – gerade wie ein Würfel, Frau Falchion!"

„Ich glaube, dass Mr. Boldrick und ich tatsächlich sehr gute Freunde wären", sagte
Mrs. Falchion; „Und ich beabsichtige, ihn wieder zu besuchen. Es ist sehr wahrscheinlich, dass wir feststellen werden, dass wir gemeinsame Bekannte hatten." Sie sah Roscoe bedeutungsvoll an, als sie das sagte, aber er war mit Ruth beschäftigt.

„Du hattest keine Angst?" sagte Roscoe zu Ruth. „War es nicht ein seltsames Gefühl?"

„Ehrlich gesagt hatte ich zuerst ein wenig Angst, weil der Käfig am Kabel schwingt und es einem unangenehm ist. Aber ich habe es genossen, bevor wir zum Ende kamen."

Frau Falchion wandte sich an Herrn Devlin. „Ich finde hier viel, was mich unterhält", sagte sie, „und ich bin froh, dass ich gekommen bin. Heute Abend möchte ich das Kabel hinaufgehen und Mr. Boldrick noch einmal besuchen und die Mühlen und das elektrische Licht sehen und hören." Ihre Pfeife, von dort oben. Dann müssen Sie uns natürlich die Mühle zeigen, die nachts arbeitet, und danach – darf ich fragen? – müssen Sie alle kommen und mit mir im Sommerhotel zu Abend essen.

Ruth senkte den Blick. Ich sah, dass sie nicht gehen wollte. Glücklicherweise konnte Mr. Devlin sie befreien. „Ich fürchte, das wird unmöglich sein, Frau Falchion", sagte er, „ich bin Ihnen trotzdem sehr dankbar. Aber ich werde die ganze Nacht in der Nähe der Mühle sein und sollte nicht gehen können, und ich möchte nicht, dass Ruth ohne mich geht.

„Dann muss es ein anderes Mal sein", sagte Frau Falchion.

„Oh, wann immer es Ruth passt, nach ein oder zwei Tagen werde ich bereit und froh sein. Aber ich sage dir was: Wenn du etwas Schönes sehen willst, musst du so schnell wie möglich nach Sunburst gehen. Wir leben Dort, wissen Sie, nicht hier bei Viking. Es ist auch lustig, denn es gibt eine Fehde zwischen Viking und Sunburst – wir sind alle Flussmänner und Mühlenarbeiter bei Viking, und sie sind alle Lachsfischer Eigentlich sollte ich hier leben, aber als ich anfing, dachte ich, ich würde meine Mühlen in Sunburst bauen, also schlug ich dort unten mein Zelt auf Die Mühlen wurden in Viking gebaut, und ich habe hier oben mein ganzes Geld verdient. Ich lebe in Sunburst und gebe dort meine Schekel aus. Ich schätze, wenn ich nicht zufällig in Sunburst leben würde, würden die Leute jeden Tag ihre Mäntel schleppen und Donnybrook-Jahrmärkte veranstalten Neulich zwischen diesen beiden Städten. Aber das ist weder hier noch dort. Befolgen Sie meinen Rat, Frau Falchion, und kommen Sie nach Sunburst und sehen Sie den Lachsfischern bei der Arbeit zu, Tag und Nacht. Es handelt sich um das Größte an Naturschönheit, das Sie außerhalb meiner Mühlen sehen werden. Indianer, Mischlinge, Weiße, Chinesen – sie alle sind in Wehren und Käfigen oder in den Netzen dabei und speien im Schein von Fackeln! – Glauben Sie nicht, dass ich einen Zirkus leiten würde, Mrs. Falchion? ?-Stellen Sie sich an die Tür und rufen Sie: „Hier bekommen Sie den Wert Ihres Geldes"?"

Frau Falchion lachte. „Ich bin sicher, Sie und ich werden gute Freunde sein; Sie sind amüsant. Und um ganz ehrlich zu sein, ich bin es sehr leid, in den intellektuellen Höhen von Dr. Marmion – und dem Padre – leben zu wollen."

Ich hatte sie noch nie so fröhlich gesehen. Es hatte fast eine Art Fieber – als ob sie die Position, die sie Roscoe und Ruth gegenüber einnahm, ihre Macht über ihre Zukunft und ihren Glauben (wie ich glaube, damals in ihrem Kopf war), dass sie Roscoes zu sich selbst zurückbringen könnte, voll und ganz genoss alte Treue. Daß sie das glaubte, davon war ich überzeugt; Dass sie es niemals ausführen würde, war genauso stark: Denn ich, obwohl ich nur der Chor in dem Drama war, könnte es eines Tages in meiner Macht finden, für einen Moment einer der Hauptdarsteller zu werden – von welcher Position aus hatte ich auch lehnte eines Tages ab, als er vor Frau Falchion auf der „Fulvia" gedemütigt wurde. Boyd Madras war in meinen Gedanken.

Nach ein paar Minuten trennten wir uns und verabredeten, uns am Abend im Tal wieder zu treffen. Ich hatte versprochen, wie Mrs. Falchion vorgeschlagen hatte, sie und Justine Caron vom Sommerhotel zur Mühle zu begleiten. Roscoe hatte sowohl bei Viking als auch bei Sunburst Aufgaben und kam erst zu uns, als wir uns alle am Abend trafen. Mr. Devlin und Ruth ritten in Richtung Sunburst. Frau Falchion, Justine und ich wanderten langsam den Hügel hinauf und unterhielten uns hauptsächlich über die Ereignisse des Morgens. Frau Falchion schien den unerschütterlichen Charakter von Herrn Devlin sehr zu bewundern; mit ein paar schnellen, höflichen Worten erledigte er Ruth; und stellte dann viele Erkundigungen über Roscoes Arbeit, meine eigene Position und die Dauer meines Aufenthalts in den Bergen ein; und sprach über viele triviale Dinge, ohne sich – wie es mir schien, absichtlich – auf unsere früheren Erfahrungen auf der

„Fulvia" zu beziehen und auch keine Fragen zu irgendjemandem außer Belle Treherne zu stellen.

Sie zeigte keine Überraschung, als ich ihr erzählte, dass ich vorhabe, Miss Treherne zu heiraten. Sie gratulierte mir scheinbar offenherzig, fragte nach der Adresse von Miss Treherne und sagte, sie würde ihr schreiben. Sobald sie Roscoes Gegenwart verlassen hatte, hatte sie alle rätselhaften Worte und Phrasen fallen gelassen, und während dieser Stunde, in der ich bei ihr war, war sie die taktvolle, gebildete Frau von Welt, mit dem einzigen gegenwärtigen Ziel: ihr Gespräch angenehm zu gestalten, und um die Dinge an der Oberfläche zu halten. Justine Caron sprach während unseres gesamten Spaziergangs kaum, obwohl ich mich häufig an sie wandte. Aber ich konnte sehen , dass sie Frau Falchions Gesicht neugierig beobachtete; und ich glaube, dass ihr Instinkt zu dieser Zeit weitaus schärfer war, um zu lesen, was in Mrs. Falchions Gedanken vorging, als mein eigener, obwohl ich viel mehr über die verborgene Kette von Ereignissen wusste, die Mrs. Falchions Leben und das von Galt Roscoe verbanden.

Ich trennte mich an der Tür des Hotels von ihnen, machte mich auf den Weg zu Roscoes Haus an der Schlucht und beschäftigte mich den größten Teil des Tages damit, Briefe zu schreiben und auf dem Laubengang zu lesen. Gegen Sonnenuntergang rief ich Mrs. Falchion und fand sie und Justine Caron bereit und wartend. Als wir den Berghang in Richtung Viking hinunterkamen, gab es in unserem Gespräch nichts Besonderes – Justine Carons Anwesenheit verhinderte dies. Es dämmerte bereits, als wir das Tal erreichten. Noch waren alle Mühlen dunkel. Die einzigen sichtbaren Lichter befanden sich in den niedrigen Häusern am Flussufer. Am Berghang schien ein Flammenbündel wie ein Stern zu hängen, groß, rot und seltsam. Es war eine Fackel, die vor Phil Boldricks Hütte brannte. Wir machten uns langsam auf den Weg zur Mühle und fanden Mr. Devlin, Ruth und Roscoe zusammen mit Ruths Schwester und ein oder zwei anderen Freunden, die uns erwarteten.

"Gut", sagte Mr. Devlin herzlich, "ich habe die Show für Sie aufgeschoben. Das Haus ist ganz dunkel, aber ich schätze, Sie werden ziemlich schnell eine Verwandlungsszene sehen. Kommen Sie heraus", fuhr er fort, "und lassen Sie uns die vorderen Plätze einnehmen. Hier sind alles Parkettplätze; außer Boldrick hat niemand eine Loge, und die ist oben im Treppenhaus."

"Mr. Devlin", sagte Mrs. Falchion, "ich habe vor, mir diese Show nicht nur vom Parkett aus anzusehen, sondern auch von der Loge im Treppenhaus. Deshalb werde ich während des ersten Akts hier vor dem Rampenlicht stehen. Während des zweiten Akts werde ich wie Tom Bowling hoch oben stehen -"

„Mit anderen Worten  ", begann Mr. Devlin.

„Mit anderen Worten", fügte Mrs. Falchion hinzu, „ich werde mir das Tal ansehen und von dort oben Ihr großes Horn blasen hören!" Sie zeigte auf den Stern vor Phils Hütte.

„In Ordnung", sagte Herr Devlin; „Aber Sie werden mich entschuldigen, wenn ich sage, dass ich nicht unbedingt möchte, dass irgendjemand diese Aufführung von Tom Bowling aus sieht."

Wir verließen das Büro und gingen auf den Bahnsteig, ein Stück von der Mühle entfernt. Herr Devlin gab ein Zeichen, berührte einen Draht und sofort schien es, als ob das ganze Tal in Flammen stünde. Die Mühle selbst erstrahlte in strahlendem Weiß. Es war verwandelt – ein Märchenpalast, so wie die Schlammkähne im Suezkanal durch den Suchscheinwerfer der „Fulvia" verwandelt worden waren. Für einen Moment, in dem Wunder des Wechsels von Dunkelheit zu Licht, wurde das Tal zum Bild eines Traums. Jeder Mann war an seinem Posten in der Mühle, und im Nu ging die Arbeit weiter, wie wir sie am Morgen gesehen hatten. Dann ertönte plötzlich sozusagen ein großes Brüllen aus dem Herzen der Mühle – ein tiefes Diapason, das aus der Kehle der Hügel gegraben wurde: die große Pfeife.

„Es klingt traurig – wie ein großes Tier, das Schmerzen hat", sagte Frau Falchion.
„Vielleicht hättest du noch einen Fröhlicheren bekommen."

„Warten Sie, bis es eingestellt ist", sagte Herr Devlin. „Es hatte keine Chance, die Kletten aus seinem Hals zu bekommen. Es wird ganz gut gehen, sobald der Lokführer weiß, wie man damit umgeht."

„Ja", sagte Ruth und mischte sich ein, „ein wenig Abmilderung würde es gut tun – es lässt die Fenster in Ihrem Büro wackeln; spüren Sie, wie dieser Bahnsteig bebt!"

„Nun, ich habe mit einer großen Pfeife gefeilscht und sie bekommen: Und ich schätze, sie werden es wissen, wenn es jemals in der Stadt brennt!" Gerade als er das sagte, stieß Roscoe einen Schrei aus und zeigte auf ihn.

Wir alle drehten uns um und sahen einen Anblick, der dazu führte, dass Ruth Devlin ihr Gesicht mit den Händen bedeckte und Mrs. Falchion entsetzt dastand. Da war der Käfig, der blitzschnell das Kabel herunterkam. Darin war ein Mann – Phil Boldrick. Mit einem Schrei und einem unterdrückten Fluch sprang Mr. Devlin auf die Maschinerie zu, Roscoe mit ihm. Es war niemand in der Nähe, aber sie sahen einen Jungen, dessen Aufgabe es war, das Kabel zu verwalten, darauf zulaufen. Roscoe war der Erste, der den Hebel erreichte; aber es war zu spät. Er stoppte den Käfig teilweise, aber nur teilweise. Es kam mit einem dumpfen, Übelkeit erregenden Knall zu Boden, und Phil Boldrick – Phil Boldricks gebrochener, ramponierter Körper – wurde hinausgeworfen.

Ein paar Minuten später lag Boldrick in Mr. Devlins Büro.

Pech für Viking in der Stunde ihres Erfolgs. Phils zerschmetterter Rumpf treibt. Die Masten sind an Bord verschwunden, der Lotse an der Seite des Kapitäns. Nur die „unbezwingbare Seele" des Mannes ist auf der Brücke und sieht zu, wie das Schiff am Bug eintaucht, bis das Wasser, ihr Sport, es völlig verschluckt.

Wir waren alle versammelt. Phil hatte darum gebeten, den Jungen zu sehen, der sein Leben ruiniert hatte, weil er die Maschinen einen Moment lang vernachlässigt hatte. „Mein Junge", sagte er, „du hast ein hässliches Spiel gespielt. Es war ein großer Fehler. Ich hege keinen Groll gegen dich, aber sei froh, dass ich nicht zu den Leuten gehöre, die dich wegen deiner verdammten Dummheit verfolgen würden. . . . Jetzt geht es mir besser; das geht mir nicht mehr durch den Kopf!"

„Wenn Sie Reue oder so etwas zeigen wollen", fuhr er fort, „da ist mein Freund, Mr. Roscoe, der Padre – es geht ihm gut, verstehen Sie! – Sind Sie da? . . . Warum sprechen Sie nicht? " Er streckte seine Hand aus. Der Junge nahm es, konnte aber nicht sprechen: Er hielt es in der Hand und schluchzte.

Dann verstand Phil. Plötzlich runzelte er die Stirn und beunruhigte ihn. Er sagte: „So, egal. Ich sterbe, aber es ist nicht das, was ich erwartet habe. Es schmerzt nicht und reißt nicht viel; nicht mehr als Flussrheuma. Vielleicht hätte ich nichts dagegen überhaupt, wenn ich sehen könnte.

Denn Phil war jetzt völlig blind. Der Unfall hatte sein verbliebenes Auge zerstört. Da er blind war, hatte er bereits den ersten Korridor des Todes passiert – die Dunkelheit. Roscoe beugte sich über ihn, nahm seine Hand und sprach leise mit ihm. Phil kannte die Stimme und sagte mit einem schwachen Lächeln: „Glauben Sie, sie würden mir städtische Ehren verleihen – Ehren für Partner?"

„Wir werden dafür sorgen, Phil", sagte Mr. Devlin hinter dem Geistlichen.

Phil erkannte die Stimme. „Glaubst du, dass es niemanden wagen wird, es offiziell zu machen?"

„Nicht einer, Phil."

„Und vielleicht hätten sie doch nichts dagegen, eine Salve abzufeuern – sozusagen das Licht aus – und den großen Pfiff zu blasen? Das würde gesellig aussehen, nicht wahr?"

„Es wird einen Volleyschuss und einen Pfiff geben, Phil – wenn du gehen musst",                    sagte                    Mr. Devlin.

Es herrschte Stille, dann kam die nachdenkliche Antwort: „Ich schätze, ich muss                                                                                        gehen.
. . . Ich hätte den Konzern gern länger am Laufen gesehen, aber vielleicht kann ich den Jungs vertrauen."

Ein Flussfahrer an der Tür sagte mit tiefer Stimme: „Beim Heiligen! Ja, Sie können uns vertrauen."

„Vielen Dank ... Wenn es für den Rest keinen Unterschied macht, würde ich gerne eine Weile mit dem Padre allein sein – nicht aus Religionsgründen, verstehen Sie, denn ich gehe so, wie ich geblieben bin, und ich Das ist meine Meinung, aber für Privatangelegenheiten.

Langsam und unbeholfen wurden die wenigen Flussfahrer ohnmächtig – Devlin und Mrs. Falchion und Ruth und ich mit ihnen – denn ich konnte jetzt nichts mehr für ihn tun – er war völlig in Stücke gebrochen. Roscoe erzählte mir hinterher, was dann passierte.

„Padre", sagte er zu Roscoe, „sind wir allein?"

„Ganz allein, Phil."

„Nun, ich habe kein Verbrechen zu verkünden, und das Geschäft ist nicht schwer; aber ich habe einen Kumpel von Danger Mountain …" Er hielt inne.

„Ja, Phil?"

„Er steht in der Gesellschaft auf niedrigem Niveau, aber er ist ehrlich, und wir hatten schon viele Tage lang die gleiche Decke. Ich traf ihn zuerst auf der Panama-Ebene. Ich war pleite – völlig pleite. Er hatte Schiffbruch erlitten, und …" Das Gleiche geschah in der Südsee; ich reiste durch Mexiko und Arizona und dann durch Kalifornien zu den kanadischen Rockies und kampierte dort. Es war ein rauer Ort, aber das machte uns nichts aus. Eines Nachts hatten wir einen Streit – wohlgemerkt, aber einen Unterschied. Er war dafür, einen Kerl namens Piccadilly zu lynchen Er war nie ein knochiger, treuer Gentleman gewesen – er war nur eine Nachahmung mit der Tochter von Five Fingers, einem Injin-Häuptling Ich hatte nicht viel Wert auf dieses Mädchen gelegt, aber wir hatten großen Respekt vor ihr. Nun, es stellte sich heraus, dass Piccadilly sie ruiniert hatte wurde tot aufgefunden. Es hat meinen Kumpel fast verrückt gemacht. Nicht, dass sie irgendetwas Besonderes für ihn gewesen wäre; aber das Ding ergriff ihn ungewöhnlich."

Jetzt, da ich alles über Roscoes früheres Leben weiß, kann ich mir vorstellen, dass dieser Vortrag ihn mitten ins Herz getroffen haben muss. Der gesamte Vorfall ist in seinem Tagebuch minutiös niedergeschrieben, es gibt jedoch keinen Kommentar dazu.

Phil musste wegen Schmerzen anhalten und nachdem Roscoe die Verbände angepasst hatte, fuhr er fort:

„Mein Kumpel und die anderen beschlossen, Piccadilly zu lynchen; sie wollten ihm nicht im Zweifelsfall vertrauen – denn es war nicht sicher, ob das Mädchen sich nicht umgebracht hatte … Nun, ich ging nach Piccadilly, und gib ihm den Vorteil. Er ging und ließ das Seil überspringen, vielleicht hätte er nicht entkommen sollen, aber als er mir einen Brief seiner Mutter gezeigt hatte, war er betrunken damals auch – und ich erinnerte mich daran, wie mein Bruder Rodney in den Black Hills getötet wurde und wie meine Mutter es verkraftete, also gebe ich ihm den Tipp, schnell zu reisen.“

Er machte eine Pause und ruhte sich aus. Dann fuhr er plötzlich fort: „Jetzt, Padre, ich habe vierhundert Dollar – den höchsten Betrag, den ich jemals in meinem Leben hatte. Und ich möchte, dass es meinem alten Kumpel geht – obwohl wir diesen Unterschied hatten und uns trennten.“ . Ich schätze, wir respektieren einander ungefähr genauso wie jemals zuvor. Und ich wünschte, Sie würden es aufschreiben, damit die Sache kommunal wäre.

Roscoe nahm Bleistift und Papier und sagte: „Wie heißt er, Phil?“

„Sam – Tonga Sam.“

„Aber das ist nicht sein einziger Name?“

„Nein, das glaube ich nicht, aber es ist alles, was er jemals im allgemeinen Gebrauch hatte. Er hatte es bekommen, weil er auf den Tonga-Inseln gewesen war und dort herumgeredet hatte. Setzen Sie Tonga Sam, Phil Boldricks Kumpel, in Gefahr.“ „Mountain, ult“ – fügen Sie das „ult“ hinzu, es ist richtig. – Das wird ihn finden. Und schreiben Sie ihm diese Worte, und wenn Sie ihn jemals sagen sehen, wie er sie zu ihm sagt: „Phil Boldrick hatte nie einen Kumpel, der Tonga überfüllte.“ Sam.'"

Als das Dokument geschrieben war, las Roscoe es laut vor, dann unterzeichneten                    beide                es,                    wobei Roscoe die ramponierte Hand über das Papier führte.

Als das erledigt war, gab es eine kurze Pause, und dann sagte Phil: „Ich möchte im Freien sein. Ich wurde im Freien geboren – auf der Madawaska. Bring mich raus, Padre.“

Roscoe ging zur Tür und winkte Devlin und mir schweigend zu. Wir trugen ihn hinaus und stellten ihn neben eine Kiefer.

"Wo bin Ich jetzt?" er sagte. „Unter der Weymouthskiefer, Phil.“ „Das stimmt. Schau mir nach Norden.“

Wir haben es getan. Die Minuten vergingen schweigend. Man hörte nur das Lied der Säge und das Rauschen des Flusses. „Padre", sagte er schließlich hastig, „hebe mich hoch, damit ich atmen kann."

Dies wurde gemacht.

„Stehe ich vor der großen Mühle?"

"Ja."

„Das ist richtig. Und in der Mühle und in der Stadt brennt das elektrische Licht, und die Sägen laufen alle?"

"Ja."

„Bei Gnade, ja – du kannst sie hören! Zerknüllen sie das Zeug aber nicht!" Er lachte ein wenig. „Mr. Devlin und Sie und ich waren ziemlich schlau, nicht wahr?"

Dann überkam ihn ein Krampf, und nach einer schmerzhaften Pause rief er: „Das ist das Größte an Kabeln . . .

Sein Gesicht erstrahlte im letzten Schimmer des Lebens und er sagte langsam: „Ich habe einen Kumpel – in Danger Mountain."

# Kapitel XV

## Im Trog der Winde

Die drei Tage nach den im vorangehenden Kapitel aufgezeichneten Ereignissen waren für uns alle bemerkenswert. Da meine eigenen Angelegenheiten und Erfahrungen am wenigsten zählen, werde ich sie zuerst aufzeichnen: Sie werden zumindest ein wenig Licht auf die Geschichte der Menschen werfen, die zuvor in dieser Geschichte auftauchten und plötzlich verschwanden, als die „Fulvia" London erreichte Platz für andere schaffen.

Am Tag nach Phil Boldricks Tod erhielt ich einen Brief aus Hungerford und auch einen von Belle Treherne. Hungerford hatte den Dienst der Occidental Company verlassen und hatte das Glück gehabt, die Position des Ersten Offiziers auf einer Dampferlinie zwischen England und den Westindischen Inseln zu übernehmen. Der Brief war schroff, prägnant und energisch und erklärte, dass er heiraten und damit fertig sein würde, sobald er in seiner neuen Position fest verankert sei. Er sagte, dass Clovelly, der Schriftsteller, in seinen Gemächern in Piccadilly ein kleines Abendessen gegeben habe und dass die Gäste alle unsere Mitpassagiere auf der „Fulvia" gewesen seien; unter ihnen Colonel Ryder, der Buchmacher, Blackburn, der Queenslander, und er selbst.

Dies ist dem Brief entnommen:

. . . Clovelly war in einer seltenen Verfassung. – Gehen Sie nicht davon, dass er sich die Seele aus dem Leib frisst, weil Sie im Rennen um Miss Treherne knapp die Nase vorn hatten. Ich für meinen Teil – aber egal! – Du hattest phänomenales Glück, und du wirst ein phänomenaler Dummkopf sein, wenn du keine frühe Heirat arrangierst. In manchen Dingen bist du ein perfektes Baby. Wussten Sie nicht, dass sich eine Frau am meisten nach einem Mann sehnt, wenn sie ihn abgelehnt hat? Und Clovelly ist hier vor Ort, und sie sind in der gleichen Gruppe, und obwohl ich meinen Eid schwören würde, würde sie dir treu bleiben, wenn du zehn Jahre lang zehntausend Meilen von hier entfernt wärst, soweit es ein Versprechen betrifft, Doch denken Sie daran, dass ein Versprechen und eine Fantasie zwei verschiedene Dinge sind. Wir können aus Angst vor Gott das Richtige tun und Ihn auch nicht lieben. Marmion, lass die Hochzeitsglocken früh läuten – das Herz einer Jungfrau ist ein heikles Ding. . . .

Aber Clovelly war, wie gesagt, in einer seltenen Form; und der Buchmacher, der zum ersten Mal einen seiner Romane gelesen hatte, zitierte freundlich daraus und kritisierte ihn während des Abendessens, bis es im ganzen Lokal vor Gelächter stank. Zuerst starrten alle entsetzt („starrte entgeistert!" – wie ist das denn für eine literarische Form?); Aber als Clovelly gurgelte und dann so lange schnaufte, bis er seinen Champagner nicht mehr heben konnte, folgten wir anderen ihm sofort. Und der Buchmacher saß einfach ruhig und ernst da, das Brillenglas im Auge, und lächelte nur sanft. „Sehen Sie", sagte er so offenherzig über Clovellys besten Charakter, einen ernsten, undurchschaubaren Mann, die würdevolle Figur in dem Buch – „Mir gefiel die Art und Weise, wie Sie diesen Muff gezeichnet haben. Er war so ein schrecklicher Außenseiter, war nicht Nicht wahr? Alles Gerede und Heuchler bis auf die Fersen. Und als du ihn mit dieser Dame verheiratet hast, die in der Öffentlichkeit ihr Essen genascht und sich in der hinteren Speisekammer vollgestopft hat, und dem Pfarrer Schulterbinden gemacht hat – oh, Ich kenne die Art!" – [Dies war Clovellys Heldin, die er, wie er selbst sagte, „mit vollkommener Aufrichtigkeit und einer liebenswerten weltlichen Gesinnung und insgesamt einer süßen Schöpfung" zu zeichnen versucht hatte.] „Ich sagte, das ist Poetische Gerechtigkeit, das ist die Raffinesse der Vergeltung. Jeder andere Spinner hätte den männlichen Idioten durch Mord oder durch einen Sturz aus dem Abgrund oder durch ein anhaltendes Fieber getötet brennt', und er hat diese Ehe arrangiert – und da sind Sie! Clovelly, ich trinke auf Sie!"

Clovelly würdigte den Buchmacher wunderbar und machte eine gute Figur, weil er beim Derby 5.000 Pfund eingeheimst hatte, dann lobte er Colonel Ryder für seinen Erfolg als Dozent in London (übrigens ziemlich wahr) und gratulierte Blackburn zu seiner bevorstehenden Heirat mit Mrs . Callendar, die tasmanische Witwe. Was er über mich gesagt hat, werde ich nicht wiederholen; Aber es war überall ein Riesenspaß, der Schnaps war gut und der Spaß schoß über die Bollwerke.

Wie geht es Roscoe? Ich habe ihn nicht so oft gesehen wie du, aber ich mochte ihn. Nehmen Sie meinen Tipp an, diese Frau wird ihm eines Tages Ärger machen. Sie ist das größte Rätsel, das ich je getroffen habe. Ich konnte nie sagen, ob sie ihn mochte oder hasste; aber es scheint mir, dass beides den Untergang eines jeden „Christusmenschen" bedeuten würde. Ich weiß, dass sie etwas von ihm gesehen hat, als sie in London war, denn ihr Quartier lag neben dem meiner Tante, der Witwe (deren Herz die Götter bei meiner Hochzeit erweichen!) in Queen Anne's Mansions, SW, und die Mrs. F. wirklich mochte ., besuchte sie und lud sie zum Abendessen ein, und auch Roscoe, den sie bei sich zu Hause traf. Ich glaube, meine Tante hätte ihren Einfluss genutzt, um ihm einen guten Lebensunterhalt zu verschaffen, wenn er seine Karten richtig gespielt hätte; Aber ich gehe davon aus, dass er nicht bevormundet werden würde und sich für ein „Mickonaree" entschieden hat, wie man in der Südsee sagt. . . . Nun, ich fahre zu den Spicy Isles und dann wieder zurück, um eine Frau zu heiraten. „Geh und tue es dir gleich."

Übrigens, haben Sie jemals von Boyd Madras gehört oder ihn gesehen, seit er in Aden unser Kabel durchgesteckt und der Welt eine weitere Chance gegeben hat? Ich vertraue darauf, dass er ihr die Hochzeit verderben wird – falls sie jemals versucht, eine zu feiern. Darf ich da sein, um es zu sehen!

Da wir von Hungerford nichts mehr zu sehen bekommen, bis wir das Drama endgültig abgetan haben, möchte ich sagen, dass seine Reise nach Westindien ihm ein Vermögen einbrachte – das heißt, sie verschaffte ihm das Kommando über eines der besten Schiffe der englischen Handelsschifffahrt Service. Bei einem Sturm kam es zu einer Katastrophe auf seinem Schiff, sein Kapitän wurde über Bord gespült und er musste das Kommando übernehmen. Sein Können, seine Stärke und seine große Männlichkeit sorgten unter tragischen Umständen dafür, dass sein Name auf der ganzen Welt boomte. und, gepaart mit einem einzigartigen Akt persönlicher Tapferkeit, hatte er, so jung er auch war (oder kaum mehr), die Wahl zwischen allen freien Stellen und möglichen Stellen im Handelsdienst. Ich freue mich, sagen zu können, dass er jetzt auch ein glücklicher Ehemann und Vater ist.

In dem Brief von Belle Treherne wurde erwähnt, dass ich Clovelly in letzter Zeit mehrmals getroffen habe, und während ich Hungerfords Worte noch im Kopf hatte, beschloss ich, zur Weihnachtszeit zu heiraten, obwohl ich vollkommenes Vertrauen zu ihr und zu mir selbst hatte. Ihr Bericht über die Werbung zwischen Blackburn und Mrs. Callendar war ebenso amüsant wie ihre Beschreibung eines Abends, den der Buchmacher mit ihrem Vater verbracht hatte, als er sagte, er würde eine Schauspielerin heiraten, die er im Drury Lane Theatre bei einem Rennen gesehen hatte Theater. Dies tat er später, und sie lieferte ihm viele Tage lang ein halsbrecherisches Rennen, machte ihn jedoch nie unglücklich oder weniger einfallsreich. Sein Urteil, und sein einziges Urteil gegen Mrs. Falchion, war Blackburn anvertraut worden, der es wiederum Clovelly anvertraute, der es an mich weitergab.

Er sagte: „Eine Frau ist wie ein Pferd. Mach sie schön, gib ihr gute Laune und ein bisschen Pech in ihrer Jugend, und sie wird ihre Rache aus dem Leben nehmen; auch wenn sie geradeaus rennt und glatt gewinnt." jedes Mal; bis sie eines Tages wegen einer verlorenen Rasse das Herz bricht. Danach ist es gut, mit ihr für immer zu leben.

Als ich Belles und Hungerfords Briefe las, wanderten meine Gedanken wieder – wie so oft – zur Reise der „Fulvia" und dann zu Mrs. Falchions Anwesenheit in den Rocky Mountains. Das Ganze hatte ein seltsames Schicksal, und ich hatte keine erfreulichen Erwartungen an das Ende; Denn selbst wenn sie Roscoe in Bezug auf seine Position keinen Schaden zufügen konnte oder tat, sah ich, dass sie bereits begonnen hatte, Ärger zwischen ihm und Ruth zu stiften.

Der Tag, an dem der arme Boldrick starb, warf sie für mich in ein widersprüchliches Licht. Jetzt glaubte ich, in ihrer ungewöhnlichen Sanftmut wiederum eine ungewöhnliche Ironie, eine fast leichtfertige und grausame Weltlichkeit zu sehen; Und obwohl sie damals am meisten von dem Unfall berührt war, glaube ich, dass ihr Entsetzen darüber den Anschein erweckte, als würde sie auf eine Weise sprechen, die sie Mr. Devlin und seiner Tochter unangenehm erscheinen ließ. Es kann jedoch sein, dass Ruth Devlin tiefer in ihre Figur hineinschaute, als ich vermutet hatte, und die seltsamen Widersprüche ihres Wesens verstand. Aber ich nehme an, ich werde das nie genau wissen; Es spielt auch jetzt keine große Rolle mehr.

Der Tag nach Phils Tod war Sonntag und die kleine Kirche in Viking war voll. Viele Fischer waren von Sunburst herübergekommen. Es war offensichtlich, dass die Leute von Roscoe erwarteten, dass er in seiner Predigt auf Phils Tod Bezug nahm oder zumindest einen Teil des Gottesdienstes angemessen gestaltete. Durch einen besonderen Zufall war die erste Morgenlektion Davids Wehklagen um Saul und Jonathan. Roscoe hatte eine schöne Stimme. Er las leicht und natürlich – wie ein gebildeter Laie, nicht wie ein Geistlicher; wie ein Mann, der die einfache Bedeutung dessen, was er las, ehrfürchtig und ehrlich vermitteln wollte. Bei den vielen Gelegenheiten, bei denen ich ihm den Gottesdienst vorlesen hörte, fiel mir auf, dass er den Eröffnungssatz nie änderte, obwohl es natürlich noch andere zur Auswahl gab. Mit diesen Worten, die er gleichsam direkt an sie richtete, zog er das Volk immer wieder auf die Füße:

„Wenn der Bösewicht sich von der Bosheit abwendet, die er begangen hat, und tut, was erlaubt und richtig ist, wird er seine Seele lebendig retten.“

Mir fiel heute Morgen auf, dass er mit den ersten Worten der Lektion sofort die Aufmerksamkeit aller auf sich zog und festhielt:

„Die Schönheit Israels ist auf deinen Höhen erschlagen; wie sind die Mächtigen gefallen!“

Mir kam es so vor, als würden die Menschen zunächst fast versuchen, mit dem Atmen aufzuhören, so intensiv war das Gefühl. Mrs. Falchion saß ganz in meiner Nähe, und obwohl sie zunächst, wie ich es damals lieblos ausdrückte, ihren Schleier hochgesteckt hatte, um ihn zu beunruhigen, zog sie ihn im Verlauf seiner Lektüre ziemlich schnell herunter; aber soweit ich sehen konnte, ließ sie während des gesamten Gottesdienstes nie den Blick von seinem Gesicht ab; und trotz meines Willens beobachtete ich sie genau. Obwohl Ruth Devlin nicht weit von ihr saß, sah sie kaum so aus.

Offensichtlich wurde der Text der Predigt nicht so gewählt, dass er einen Zusammenhang mit Phils Tod herstellen könnte, aber in seiner

Interpretation und praktischen Wiedergabe des Textes herrschte eine Art schlichte Erhabenheit und gewiss fröhliche Standhaftigkeit:

„Wer ist dieser, der aus Edom kommt, mit gefärbten Gewändern aus Bozra?

Ein Mann sprach vernünftig, direkt und leise mit Männern. Es war unmöglich, der gesunden Beredsamkeit seines Temperaments zu widerstehen; er war eine Offenbarung der Menschlichkeit: Was er sagte, hatte Leben.

Ich sagte mir wie schon zuvor: Ist es möglich, dass dieser Mann jemals etwas Unmännliches getan hat?

Nach dem Gottesdienst kam James Devlin – zusammen mit Ruth – zu Roscoe und mir und lud uns zum Mittagessen in seinem Haus ein. Roscoe zögerte, aber ich wusste, dass es besser für ihn war, nicht gleich nach dem Mittagessen die Hügel hinauf und wieder zurück zu laufen; also habe ich für uns beide zugesagt; und Ruth warf mir einen dankbaren Blick zu. Roscoe schien fast darauf bedacht zu sein, nicht mit Ruth allein zu sein – nicht aus feigen Gefühlen, sondern weil er von dem alten Gefühl einer bevorstehenden Katastrophe verwirrt war, zu der er, armer Kerl, tatsächlich einen Grund hatte. Er und Mr. Devlin sprachen über Phils Beerdigung und die getroffenen Vorkehrungen, und während des allgemeinen Gesprächs blieben Ruth und ich zurück.

Ganz unvermittelt sagte sie zu mir: „Wer ist Frau Falchion?“

„Eine Witwe – so heißt es – reich, unbelastet“, antwortete ich plötzlich.

„Aber ich nehme an, dass sogar Witwen einen Stammbaum haben und in der Vergangenheitsform konjugiert sind“, lautete die kühle Antwort. Sie richtete sich ein wenig stolz auf.

Ich war sehr erstaunt. Hier war ein Mädchen, das die meiste Zeit seines Lebens in diesen Bergen verbrachte, nachdem es erst seit ein paar Jahren gesellschaftliches Leben im Osten hatte und sich mit beträchtlichem Geschick in jenen Konversationskünsten übte, die in den Salons der Großstädte so sehr gepflegt werden. Aber ich war damals ein sehr langweiliger Kerl und musste erst noch lernen, dass sich Frauen an einem Tag zu wunderbaren Dingen entwickeln können.

„Nun“, sagte ich als Antwort, „das glaube ich nicht. Aber ich fürchte, ich kann weder zur Abstammung noch zu viel über die Vergangenheit antworten, denn ich habe sie erst vor weniger als zwei Jahren kennengelernt.“

„Und doch habe ich mir vorgestellt, dass Sie sie ziemlich gut kannten und dass                                                  Mr. Roscoe sie vielleicht sogar noch besser kannte“, sagte sie anzüglich

„Das ist so", versuchte ich mit offensichtlicher Offenheit zu sagen, „denn sie lebte mit ihrem Vater in der Südsee, und Roscoe kannte sie dort."

„Sie ist eine seltsame Frau und in mancher Hinsicht ziemlich herzlos; und doch, wissen Sie, mag ich sie, während ich sie nicht mag; und ich kann nicht sagen, warum."

„Versuchen Sie nicht, es zu erzählen", antwortete ich, „denn sie hat die Gabe, Menschen dazu zu bringen, beides zu tun. Ich glaube, sie mag sich selbst und mag sie nicht – und auch andere."

„So gut – wie andere", antwortete sie langsam. „Ja, ich glaube, das ist mir aufgefallen. Sehen Sie", fügte sie hinzu, „ich betrachte die Menschen nicht wie die meisten Mädchen meines Alters, und vielleicht bin ich auch nicht besser darin. Aber Mrs. Falchions Bekanntschaft mit mir erfolgte auf diese Weise." Besondere Umstände, und der Zufall, dass Sie sie kennengelernt haben, war so seltsam, dass mein Interesse nicht unnatürlich ist, nehme ich an.

„Im Gegenteil", sagte ich, „ich wundere mich nur, dass Sie Ihre Neugier so lange und so sehr zurückgehalten haben. Es war alles sehr seltsam; obwohl das Treffen durchaus zu erwarten war, wie Frau Falchion selbst an diesem Tag erklärte." Sie hatte beschlossen, an die Pazifikküste zu kommen; dieser Ort war ein modischer Ferienort und sie hatte gute Chancen, alte Freunde zu finden.

„Ja – alte Freunde zu finden", lautete die geistesabwesende Antwort. „Ich mag                                                                         Miss Caron, ihre Begleiterin, viel besser als – die meisten Frauen, die ich getroffen habe."

Das hatte sie nicht sagen wollen, aber sie hielt sich zurück, um nicht in den Verdacht zu geraten, dass sie gemeinnützig von Frau Falchion dachte. Ich stimmte ihr natürlich zu und erzählte ihr die Geschichte von Galt Roscoe und Hector Caron und von Justines Ernsthaftigkeit hinsichtlich ihrer eingebildeten Schuld gegenüber Roscoe.

Ich sah, dass das Gift der Angst in den Geist des Mädchens eingedrungen war; und es könnte vielleicht Früchte hervorbringen, die nicht von ansprechender Qualität sind. In ihrem eigenen Zuhause war es jedoch ein Bild, sie mit ihren jüngeren Schwestern und Brüdern und ihrer behinderten Mutter zu sehen. Sie ging sehr fröhlich und freundlich unter ihnen umher und sprach zu ihnen, als wäre sie die Mutter von ihnen allen, der Engel von ihnen allen, der häusliche Hof für sie alle; wie sie tatsächlich war. Hier schien es kein störendes Element in ihr zu geben; Ein genauer Beobachter hätte vielleicht sogar sagen können (und in diesem Fall glaube ich, dass ich es war), dass sie weder Sinn noch Herz für irgendetwas und irgendjemanden außer diesen Wenigen ihres Blutes und ihrer Rasse hatte. Sie hatte ein feines Wesen – hochmütig, gesund, selbstlos. Dennoch traf es mich auch traurig, zu sehen, wie das Kindliche in ihr und ihr junger Geist so früh auf die Aufgabe der Verteidigung und des Schutzes eingestellt worden war: eine Mutter, an deren Brust noch nie ein Kind gehangen hatte; mütterlich, aber ohne die erleichternden Freuden der Mutterschaft.

Ich wusste, dass sie diese zu wachsame, zu ängstliche Zärtlichkeit durch ihr Leben tragen würde; dass sie bis zu ihrem letzten Tag zurückblicken würde und sich nicht daran erinnern würde, dass sie einmal eine Kindheit hatte; denn schon als Kind war sie zur Frau gemacht worden.

Solche Menschentöchter machen das Leben schön; aber sie selbst sind egoistisch und sehen das fast unerträgliche Pathos der Selbstlosigkeit und Opferbereitschaft nicht. Im Moment war ich verbittert bei dem Gedanken, dass ich selbst versuchen sollte, mich zu rächen, wenn Mrs. Falchion irgendetwas vorhatte, das ihr das Glück dieses Mädchens auch nur für eine gewisse Zeit rauben könnte – was, wie es scheint, in meiner Macht stand. Aber ich konnte jetzt nicht zu Frau Falchion gehen und sagen: „Sie haben vor, diesen beiden etwas anzutun: Um Gottes willen, gehen Sie weg und lassen Sie sie in Ruhe!" Ich hatte keinen wirklichen Grund, eine solche Bitte zu stellen. Außerdem, wenn es irgendeine Katastrophe, irgendein Unglück gäbe, das bevorstand oder möglich wäre, könnte das die Sache beschleunigen oder ihr zumindest einen Sinn geben.

Ich konnte nur warten. Ich hatte einen anderen Plan ausgearbeitet, und aus einem Telegramm, das ich als Antwort auf ein von mir gesendetes erhalten hatte, ging ich davon aus, dass er funktionierte. Ich habe nicht verzweifelt. Ich hatte tatsächlich ein Telegramm an meinen Agenten in England geschickt, das an die mir von Boyd Madras in Aden angegebene Adresse weitergeleitet werden sollte. Ich erhielt eine Antwort, dass Boyd Madras mit den Dampfschiffen der Allan Line nach Kanada gesegelt sei. Ich hatte dann einem Anwalt, den ich in Montreal kannte, telegrafiert und er hatte geantwortet, dass er dem Wanderer auf der Spur sei.

Alle Viking und Sunburst erschienen zur Beerdigung von Phil Boldrick. Es wurde alles getan, was er verlangt hatte. Der große Pfiff ertönte schmerzhaft, Revolver und Gewehre wurden über seinem Grab abgefeuert und die neu gegründete Gesellschaft erschien. Er wurde auf der Spitze eines Hügels begraben, der bis heute als Boldricks' Own bekannt ist. Das Grab war mit einem riesigen flachen Stein bedeckt, der seinen Namen trug. Aber in der Nähe wurde ein Fahnenmast aufgestellt, auf Beachy Head oder anderswo steht kein kräftigerer, und darauf war eingraviert:

**PHIL BOLDRICK,**

30. Juni 1883 mit städtischen Ehren beigesetzt.

Dies zu seinem Gedenken und zu Ehren von
Viking und Sunburst.

„Padre", sagte ein Flussfahrer zu Galt Roscoe, nachdem die Riten beendet waren, „das war ein Mann, dem man vertrauen konnte."

„Padre", fügte ein anderer hinzu, „das war ein Mann, auf den man sich verlassen konnte und der regelmäßig sein Interesse auf sich zog. Er hat nie etwas Gemeines getan, und er hat sich nie mit einem gemeinen Mann angefreundet. Er war nicht dafür, seines zu bekommen." Er war nicht immer auf der Seite der Mehrheit und hatte die Gabe, Dinge auf dem richtigen Weg zu erledigen.

Andere sprachen ähnlich, und dann machte sich Viking wieder an die Arbeit und wir gingen zu unserer Berghütte.

Viele Tage vergingen ruhig. Ich sah, dass Galt Roscoe mit mir über das ihn verwirrende Thema sprechen wollte, aber ich half ihm nicht. Ich wusste, dass es rechtzeitig kommen würde, und je weiter es entfernt war, desto besser. Ich fürchtete mich davor, zu hören, was er zu sagen hatte, denn trotz meines Vertrauens in ihn könnte es tatsächlich etwas sein, das, wenn es öffentlich gemacht würde, zum Verderben führen würde. An den Abenden dieser Tage schrieb er viel in sein Tagebuch – genau das Buch, das jetzt bei mir liegt. Das Schreiben schien ihm eine Erleichterung zu sein, denn danach war er fröhlicher. Ich weiß, dass er Briefe vom Sommerhotel erhalten hatte, aber ob sie von Mrs. Falchion oder Justine Caron stammten, wusste ich damals nicht, obwohl ich später erfuhr, dass einer von ihnen von Justine stammte und ihn fragte, ob sie vorbeikommen dürfe ihn. Er vermutete, dass die Anfrage mit Hector Carons Tod zusammenhing; und gab selbstverständlich sein Einverständnis. Während dieser Zeit besuchte er Ruth Devlin nicht und erwähnte auch nicht ihren Namen. Ich selbst hatte die ganze Angelegenheit satt und wünschte, dass sie gut zu Ende sei, was auch immer das Ergebnis sein mochte.

Ich mache hier einige Auszüge aus Roscoes Tagebuch, um seinen Geisteszustand zu dieser Zeit zu zeigen:

Kann ein Mann niemals den Folgen seiner Bosheit entkommen, selbst wenn er Buße tut? . . . Wiedergutmachung ist ebenso notwendig wie Reue; aber wenn man keine Wiedergutmachung leisten kann, wenn es unmöglich ist – was dann? Ich nehme an, man muss antworten: „Nun, du musst leiden, das ist alles." . . . Armer Alo! Zu denken, dass du mich nach all den Jahren schlagen kannst!

Die Art und Weise, wie Mercy Falchion meinen Weg kreuzt, hat etwas Bösartiges. Was sie weiß, weiß sie; und was sie tun kann, wenn sie will, muss ich ertragen. Ich kann Mercy Falchion nicht noch einmal lieben, und das ist vermutlich das Letzte, was sie sich jetzt wünschen würde. Ich kann Alo nicht zurückbringen. Aber was geht sie das an! Warum hasst sie mich so? Denn unter ihren freundlichsten Worten – und sie sind manchmal freundlich – kann ich den Ton von Feindseligkeit und berechnender Verachtung erkennen. . . . Ich wünschte, ich könnte zu Ruth gehen und ihr alles erzählen und sie bitten, zu entscheiden, ob sie einen Mann mit einer solchen Vergangenheit aufnehmen kann. . . . Was für ein Ding ist es, eine klare Bilanz unerschütterlicher Männlichkeit hinter sich zu haben!

Ich füge einen weiteren Auszug hinzu:

Phils Geschichte von Danger Mountain traf mein Herz wie Eis. Es lag eine schreckliche Ironie in der Sache: Aus aller Welt und zu diesem Zeitpunkt sollte es mir erzählt werden. Einige würden vermutlich sagen, dass es die Vereinbarung der Vorsehung war. Um es nicht profan auszudrücken, es scheint eine Tat des Teufels zu sein. Die Folter war zu bösartig für Gott. . . .

Phils Brief ist an seinen Kumpel in Danger Mountain gegangen. . . .

Am vierten Tag nach der Beerdigung besuchte Justine Caron Galt Roscoe. Dies war der Inhalt ihres Gesprächs, wie ich lange später erfuhr.

„Monsieur“, sagte sie, „ich bin gekommen, um einen Teil einer Schuld zu begleichen, die ich Ihnen schulde. Es ist lange her, dass Sie meinen armen Hector beerdigt haben, aber ich habe es nie vergessen, und ich habe Sie endlich gebracht – Du darfst nicht den Kopf schütteln – aber du MUSST traurig sein, wenn du es nicht tun würdest.

Er blickte sie verwundert und ernst an, sie schien so weltfremd, wie sie da stand und ihr Lebensehrgeiz nicht über die Pflicht gegenüber ihren Toten hinausging. Wenn Güte Schönheit macht, war sie schön; und doch hatte sie darüber hinaus ein warmes, fesselndes Auge, eine weiche, runde Wange und in ihrem Gesicht strahlte ein fröhlicher, einnehmender Geist.

„Wird es dich glücklicher machen, wenn ich das Geld nehme?“ sagte er schließlich und seine Stimme zeigte, wie sie ihn bewegt hatte.

„So viel glücklicher!“ antwortete sie und drückte ihm eine Rolle Notizen in die Hand.

„Dann werde ich es nehmen“, antwortete er nicht allzu ernst und sah sich die Notizen sorgfältig an; „Aber nur, was ich tatsächlich ausgegeben habe, erinnern Sie sich; was ich Ihnen erzählt habe, als Sie mir anlässlich von Hectors Tod schrieben; nicht dieses große Interesse. Sie vergessen, Miss Caron, dass Ihr Bruder mein Freund war.“

„Nein, das kann ich nicht vergessen. Es lebt mit mir", erwiderte sie leise. Aber sie nahm die überschüssigen Scheine zurück. „Und ich habe immer noch meine Dankbarkeit", fügte sie lächelnd hinzu.

„Glauben Sie mir, es gibt keinen Grund zur Dankbarkeit. Was könnte man weniger tun?"

„Man könnte auf der anderen Seite vorbeikommen."

„Er ist nicht unter Diebe gefallen", war seine Antwort; „Er war unter den Engländern, den alten Verbündeten der Franzosen."

„Aber die Priester und die Leviten, Leute seines eigenen Landes – Franzosen – gingen an ihm vorbei. Sie waren in ihrer Lüge berüchtigt, grausam zu ihm und zu mir. – Du bist ein Engländer; du hast Herz und Güte."

Er zögerte, dann sagte er ernst: „Vertrauen Sie Engländern nicht mehr als Ihren eigenen Landsleuten. Selbst in unseren Freundschaften sind wir oft egoistisch. Wir halten an einer Person fest, und um dieser Person zu helfen, opfern wir andere. Haben Sie alle Engländer gefunden?" – und FRAUEN selbstlos?" Er sah sie fest an; aber er bereute sofort, dass er die Frage gestellt hatte, denn er dachte an jemanden, den sie beide kannten, vielleicht zu gut; und er fügte schnell hinzu: „Sehen Sie, ich bin nicht freundlich."

Sie standen jetzt im Sonnenlicht direkt vor dem Haus. Seine Hände steckten in den Taschen seines Leinenmantels; Ihre Hände öffneten und schlossen ihren Sonnenschirm leicht. Ihrem Aussehen nach zu urteilen, hätten sie über sehr belanglose Dinge sprechen können.

Traurig blickte sie ihn an. „Ah, Monsieur", erwiderte sie, „es gibt zwei Zeiten, in denen man eine Frau fürchten muss." Sie beantwortete seine Frage direkter, als er hätte vermuten können. Aber sie hatte das Gefühl, dass sie ihn warnen musste.

„Ich verstehe es nicht", sagte er.

„Natürlich nicht. Nur Frauen selbst verstehen, dass man eine Frau in zwei Fällen fürchten muss: wenn sie hasst und wenn sie liebt – auf eine Art. Wenn sie böse oder verrückt genug wird, um zu hassen, entweder aus Eifersucht oder weil Sie kann nicht lieben, wo sie möchte, sie kennt die Ehre des Spiels nicht. Manchmal, wenn sie liebt, ist sie, wie Sie sagen, äußerst egoistisch Was – das ist nicht möglich – alle Frauen sind manchmal ein bisschen verrückt.

Roscoes Gedanken arbeiteten auf Hochtouren. Er sah, dass sie ihn vor Frau Falchion warnen wollte. Sein Gesicht errötete leicht. Er wusste, dass Justine eine gute Meinung von ihm gehalten hatte, und jetzt wusste er auch, dass sie etwas Unglaubwürdiges oder zumindest Gefährliches in seinem Leben vermutete.

„Und der Mann – der Mann, den die Frau hasst?"

„Wenn die Frau hasst – und auch liebt, ist der Mann in Gefahr."

„Kennen Sie so einen Mann?" sagte er fast schüchtern.

„Wenn ich es täte, würde ich zu ihm sagen: Die Welt ist weit. Es ist kein Ruhm, gegen eine Frau zu kämpfen, die im Kampf nicht fair ist. Sie wird sagen, was wahr erscheinen mag, aber was sie in ihrem eigenen Herzen weiß." sei falsch – falsch und schlecht."

Roscoe erkannte nun, dass Justine mehr als nur eine Ahnung von seiner Geschichte hatte.

Er sagte ruhig: „Sie würden diesem Mann raten, vor der Gefahr zu fliehen?"

„Ja, um zu fliehen", antwortete sie hastig, mit einer seltsamen Angst in ihren Augen; „Denn manchmal gibt sich eine Frau nicht mit Worten zufrieden, die töten. Sie wird weniger als ein Mensch und ist wie Jael."

Justine wusste, dass Mrs. Falchion ein Schwert über Roscoes Karriere hatte; sie vermutete, dass Frau Falchion ihn sowohl liebte als auch hasste; aber sie kannte den wahren Grund des Hasses nicht – das kam erst später ans Licht. Wie eine Frau übertrieb sie, um ihn zu bewegen; aber ihr Beweggrund war gut, und was sie sagte, entsprach nicht den Tatsachen des Lebens.

„Das Leben des Mannes könnte sogar in Gefahr sein?" er hat gefragt.

"Es könnte."

„Aber das ist sicher nicht so schrecklich", sagte er immer noch ruhig.

„Der Tod ist nicht das schlimmste Übel."

„Nein, nicht das Schlimmste; man muss auch an das böse Wort denken. Das böse Wort kann überlebt werden; aber der Mann muss an diejenigen denken, die ihn wirklich lieben – die sterben würden, um ihn zu retten – und deren Herzen brechen würden, wenn Er wurde getötet. Liebe kann Verleumdung überleben, aber es ist bitter, wenn sie sowohl Verleumdung als auch Tod überleben muss. Es ist leicht, mit Freude zu lieben, solange die Gedanken fliegen und sich treffen die große Spaltung.

Ganz geistesabwesend sagte er: „Ist die Welt für Sie angenehm?"

Darauf antwortete sie nicht direkt, sondern antwortete: „Monsieur, wenn Sie einen solchen Mann kennen, von dem ich spreche, warnen Sie ihn zur Flucht." Und sie hob den Blick vom Boden und blickte ihn ernst an. Jetzt war ihr Gesicht leicht gerötet, sie sah fast schön aus.

„Ich kenne einen solchen Mann", antwortete er, „aber er wird nicht gehen. Er muss sich vor seiner eigenen Seele und seinem Gewissen verantworten.

Er ist nicht ohne Angst, aber es ist nur Angst für diejenigen, die sich um ihn kümmern." Sie hoffen, dass sie mutig genug sind, sich seinem Elend zu stellen, wenn es kommen muss er wird standhaft bleiben."

Dann fügte er mit einem großen Impuls hinzu: „Dieser Mann, den ich kenne, hat Unrecht getan, aber er wurde fälschlicherweise beschuldigt, etwas noch Größeres getan zu haben. Die Konsequenz des ersten Dings folgte ihm. Er konnte nie Wiedergutmachung leisten. Jahre vergingen. Jemand wusste es." dieser dunkle Fleck in seinem Leben – seine Nemesis.

„Der schlimmste Erzfeind in diesem Leben, Monsieur, ist immer eine Frau", unterbrach sie.

„Vielleicht ist sie die Sicherste", fuhr er fort. „Die Frau stand ihm in der Stunde seines Friedens gegenüber und –" er hielt inne. Seine Stimme war heiser.

„Ja, ‚und', Monsieur?"

„Und er weiß, dass sie ihn ruinieren, sein Herz töten und sein Leben zerstören würde."

„Das Wasser von Mara ist bitter", murmelte sie und wandte ihr Gesicht von ihm ab und dem Wald zu. Da gab es keine Probleme. Die Vögel sangen, schwarze Eichhörnchen sprangen von Ast zu Ast und sie konnten das Klopfen des Spechtes hören. Sie zog langsam ihre Handschuhe an, wie zur Beschäftigung.

Er sprach lange, als würde er laut denken: „Aber er weiß, dass das Leben, was auch immer kommt, mehr Entschädigungen für ihn bereithält, als er verdient. Denn in seiner Not kam eine Frau und sagte freundliche Worte und hätte ihm geholfen, wenn." sie konnte.

„Es waren ZWEI Frauen", sagte sie feierlich.

"Zwei Frauen?" wiederholte er langsam.

„Die eine blieb zu Hause und betete, und die andere kam."

„Ich verstehe es nicht", sagte er, und er sprach die Wahrheit.

„Liebe bedeutet immer, für sich selbst zu beten, deshalb betete eine Frau zu Hause. Die andere Frau, die kam, war voller Dankbarkeit, denn der Mann war edel, sie schuldete ihm viel und sie glaubte immer an ihn. Sie wusste, dass wenn Zu jedem Zeitpunkt seines Lebens hatte er etwas Unrechtes getan, die Sünde war weder Bosheit noch Böses."

„Die Frau ist sanftmütig und mitleidig zu ihm, Gott weiß."

Sie sprach jetzt leise, und ihre Ernsthaftigkeit wirkte bei einem so jungen Menschen seltsam.

„Gott weiß, dass sie gerecht ist und würde dafür sorgen, dass er fair behandelt wird. Sie ist so weit unter ihm! Und dennoch kann man einem Freund dienen, obwohl man bescheiden und arm ist."

„Wie seltsam", entgegnete er, „dass der Mann sich für elend hält, der auf diese Weise befreundet ist! Mademoiselle, er wird die Freundlichkeit dieser Frau zu Grabe tragen."

„Monsieur", fügte sie demütig hinzu, aber mit einem mutigen Leuchten in ihren Augen, „es ist gut, sich darum zu kümmern, ob der Wind bitter oder freundlich weht. Jede wahre Frau ist eine Mutter, auch wenn sie kein Kind hat. Sie sehnt sich danach, die Leidenden zu beschützen." , weil es so weit ist, diese Frau zu beschützen. Sie streckte ihre Hand zum Abschied aus. Ihr Blick war einfach, direkt und freundlich. Ihre Abschiedsworte waren selten und unauffällig.

Roscoe beobachtete Justine Caron, wie sie ohnmächtig in den Schatten des Waldes hinausging, und er sagte sich: „Solche Dankbarkeit ist etwas Wunderbares." Er hätte etwas anderes sagen sollen, aber er wusste es nicht, und sie wollte nicht, dass er es wusste: und er wusste es nie.

# Kapitel XVI

## EIN DUELL IN ARCADY

Je mehr ich über Mrs. Falchions Haltung gegenüber Roscoe nachdachte, desto verwirrter wurde ich. Aber ich hatte die Position schließlich auf Folgendes reduziert: Roscoe hatte sich vor Jahren um sie gekümmert und sie hatte sich nicht um ihn gekümmert. Verärgert oder empört über ihre Behandlung ihm gegenüber, sanken Roscoes Zuneigung anderswo unwürdig. Dann kam es zu einer Katastrophe, unter der Alo (wer auch immer sie war) litt. Das Geheimnis dieser Katastrophe lag, wie ich glaube, bei Frau Falchion. Es gab einen Abschied, einen Lauf von Jahren und dann das Treffen auf der „Fulvia": damit verbunden war die teilweise Wiederherstellung von Frau Falchions Einfluss, dann sein Niedergang und schließlich ein völliger Positionswechsel. Jetzt war es Frau Falchion, die sich darum kümmerte, und Roscoe, die es mied. Es verwirrte mich, dass sich hinter Mrs. Falchions gegenwärtiger Wertschätzung für Roscoe ein seltsamer Ausdruck von Rache zu verbergen schien, als ob ihr irgendwie Unrecht getan worden wäre und es ihre Pflicht sei, zu bestrafen. Anders war die Position nicht definierbar. Dass Roscoe sie niemals heiraten würde, war für mich sicher. Dass er sie jetzt nicht heiraten konnte, war mir ebenfalls sicher; Ich hatte die Mittel, es zu verhindern. Ich war mir nicht sicher, ob sie ihn heiraten wollte, obwohl er ihr zweifellos am Herzen lag. Daher blieb die Annahme bestehen, dass sie ihm keinen Schaden zufügen würde, wenn er sich um sie kümmerte, was seine Stellung anging. Aber wenn er Ruth heiraten würde, würde eine Katastrophe kommen – Roscoe selbst gab zu, dass sie der Schlüssel zu seinem Schicksal war.

Aus einem Impuls heraus und als letztes Mittel hatte ich Maßnahmen ergriffen, um in einem kritischen Moment möglicherweise Macht über Frau Falchion auszuüben. Ich habe ein Blindspiel gespielt, aber es war die einzige Karte, die ich hatte. Von dem Anwalt in Montreal hatte ich gehört, dass Madras unter einem anderen Namen ins Prärieland gegangen sei, um bei der berittenen Polizei einzutreten. Ich hatte daraufhin nach Winnipeg telegrafiert, aber keine Antwort erhalten.

Ich hatte sie viele Male gesehen, aber wir hatten nie, außer ganz entfernt, das Thema berührt, das uns beiden am meisten beschäftigte. Es war nicht mein Wunsch, die Situation zu erzwingen. Ich wusste, dass sich meine Gelegenheit ergeben würde, die Gedanken des Feindes auszuspionieren. Es kam. An dem Abend, als Justine Caron Roscoe besuchte, traf ich zufällig Mrs. Falchion auf dem Hotelgelände. Sie war mit mehreren Leuten zusammen, und als ich mit ihr sprach, machte sie eine kleine einladende Geste. Ich ging hinüber, wurde ihren Begleitern vorgestellt und dann sagte sie:

„Dr. Marmion, diesen Besuch bei den Lachsfischern in Sunburst habe ich noch nicht gemacht. Leider war meine Zeit an den Tagen, an denen ich Miss Devlin besuchte, begrenzt. Aber jetzt bin ich abenteuerlustig und die Zeit drängt . Werden Sie Ihr altes Eskortenamt ausüben und sich einer Gruppe anschließen, die wir hier verabreden können, um morgen dorthin zu fahren?"

Ich empfand wenig Zuneigung zu Frau Falchion, aber ich stimmte zu, denn es schien mir, als wäre die Gelegenheit zu einem wirkungsvollen Gespräch mit ihr gekommen; und ich schlug vor, dass wir am späten Nachmittag des nächsten Tages gehen und bis in die Nacht bleiben sollten, um die Indianer, Mischlinge und weißen Fischer bei Fackellicht am Fluss arbeiten zu sehen. Der Vorschlag wurde mit Freude angenommen.

Dann drehte sich das Gespräch um die Fehde zwischen Viking und Sunburst, den Flussfahrern und den Fischern. In den letzten paar Tagen hatte es in Sunburst mehr als einen Streit ernster Art gegeben, da sehr viele untätige Flußmänner unterwegs waren und die Flußfahrten für die Saison beendet waren. Es war ein großes Maß an Wachsamkeit von Herrn Devlin und seinen Anhängern erforderlich gewesen, um Kämpfe zu verhindern. In Sunburst selbst hatte Herr Devlin großen persönlichen Einfluss. Er war ein Mann von außerordentlich starkem Charakter, mutig, kraftvoll und überzeugend. Aber in diesem Jahr gab es unter den Flussmännern eine große Anzahl rauer, abenteuerlustiger Charaktere, und es schien ihnen Freude zu bereiten, sich über die Lachsfischer lustig zu machen und sie sogar zu stören. Wir redeten einige Zeit über diese Dinge, und dann verabschiedete ich mich. Als ich ging, trat Frau Falchion hinter mir her, klopfte mir auf den Arm und sagte in einem langsamen, trägen Ton:

„Wann immer Sie und ich uns treffen, Dr. Marmion, passiert etwas – etwas Seltsames. Welche besondere Katastrophe haben Sie für morgen vorbereitet? Denn Sie sind, wissen Sie, der Refrain des Dramas."

„Verderben Sie das Stück nicht durch Vorfreude", sagte ich.

„Man wird der Tragödie sehr überdrüssig", erwiderte sie. „Komödie wäre eine Erleichterung. Konnten Sie das nicht hinbekommen?"

„Ich weiß nicht, was morgen sein wird", sagte ich, „was eine Komödie betrifft. Aber ich verspreche Ihnen, dass ich Ihnen eines Tages die allerbeste Komödie präsentieren werde, die man sich vorstellen kann."

„Sie sprechen orakelhaft", sagte sie; „Du bist immer noch ein Professor, und Professoren posieren immer. Aber um ganz ehrlich zu sein: Ich glaube nicht, dass irgendeine Komödie, die du arrangieren könntest, so wirkungsvoll wäre wie deine eigene."

„Sie haben ‚Viel Lärm um Nichts' gelesen", sagte ich

„Oh, so gut ist es doch, oder?“ Sie fragte.

„Nun, es hat eine genauso gute Endsituation“, antwortete ich. Sie schien verwirrt, denn sie sah, dass ich mit einer unterschwelligen Bedeutung sprach. „Frau Falchion“, sagte ich plötzlich und ernst zu ihr, „ich möchte, dass Sie bis morgen darüber nachdenken, was ich Ihnen gerade sagen werde.“

„Es hört sich an, als ob die Aufgabe einem Studenten gestellt wurde, aber machen Sie weiter“, sagte sie.

„Ich möchte, dass Sie daran denken“, sagte ich, „dass ich geholfen habe, Ihr Leben zu retten.“

Sie errötete; Ein empörter Ausdruck schoss ihr ins Gesicht und ihre Stimme vibrierte, als sie sagte:

„Welcher Mann hätte weniger getan?“ Dann, fast unmittelbar danach, als würde sie bereuen, was sie gesagt hatte, fuhr sie leiser und mit einer für sie ungewöhnlichen Impulsivität fort: „Aber du hattest Mut, und das weiß ich zu schätzen; verlange trotzdem nicht zu viel.“ Gute Nacht."

Daraufhin trennten wir uns und trafen uns erst am nächsten Nachmittag wieder, als ich mich ihr und ihrer Party im Sommerhotel anschloss. Gemeinsam fuhren wir hinunter nach Sunburst.

Es war der Höhepunkt der Lachsfischsaison. Sunburst lag klebrig zwischen den Produkten von Feld, Wald und Bach. Bei Viking bekam man den Eindruck eines starken Pionierlebens, lebhaft, eifrig und mit einem Hauch von Arkaden. Aber aus der Ferne betrachtet schien Sunburst Arcady selbst zu sein. Es wurde auf grünen Weiden gebaut, die sich auf einer Seite des Flusses glatt, üppig und wellig bis zu den Ausläufern der Hügel erstreckten. Dies war auf der einen Seite des Whi-Whi-Flusses. Auf der anderen Seite war ein schmaler Rand und dann eine steile Hügelwand mit exquisitem Grün. Die Häuser waren aus Holz und überwiegend weiß gestrichen, süß und kühl im weiten Grün. Das Vieh wanderte hüfttief im üppigen Gras umher, und Früchte aller Art konnten gepflückt werden. Die Bevölkerung war seltsam gemischt. Männer aus allen Teilen der Welt waren hierhergewandert, manchmal mit ihren Familien, manchmal ohne sie. Viele von ihnen hatten sich hier niedergelassen, nachdem sie im Caribou-Feld und an anderen Orten am Frazer River Bergbau betrieben hatten. Mexikaner, Portugiesen, Kanadier, Kalifornier, Australier, Chinesen und Kuli lebten hier Seite an Seite, entspannt in dem ruhigen Land und folgten einer primitiven Beschäftigung mit primitiven Methoden.

Man konnte den Indianerteil des Dorfes erkennen, denn nicht weit davon entfernt befand sich der Indianerfriedhof mit seinem Gerüst aus Stangen und Buschwerk und seinen Opfergaben für die Toten. Am Flussufer und am hohen Ufer, wo der Lachs zum Trocknen in der Sonne hing, gab es fast endlose Reihen von Gerüsten. Während der Fluss hier über Untiefen, dort über Stromschnellen und kleine Wasserfälle dahinströmte, war er der Weg für Millionen und Abermillionen von Lachsen auf ihrer Pilgerreise nach Westen und Norden – zu den glücklichen Jagdgründen für Laiche. Sie kamen in Scharen, manchmal so dicht, dass sie die kleinen Bäche, die in den Fluss mündeten, überfüllten und sie so vollständig füllten, dass das Wasser aufstaute und die Bäche zu einer festen Masse aus lebenden und toten Fischen wurden. Im Fluss selbst erklommen sie die Stromschnellen und übersprangen die kleinen Wasserfälle mit unglaublicher Sicherheit; außer dort, wo der Mensch seine Fallen für sie vorbereitet hatte. Manchmal handelte es sich bei diesen Fallen um Wehre oder Nebenfluten, die aus langen seitlichen Behältern aus Korbgeflecht bestanden. Unten zwischen den Felsbrocken am Ufer wurden Gerüste errichtet, von denen aus die Fischer mit Netzen und Weidenkörben die heraufkommenden Fische fingen.

Wir schlenderten den Nachmittag über umher und waren äußerst interessiert an allem, was wir sahen. Während dieser Zeit war die Gesellschaft viel zusammen und mein Gespräch mit Frau Falchion war allgemein. Wir aßen in einer ruhigen kleinen Taverne zu Abend und verbrachten eine Stunde damit, die angenehme Atmosphäre zu genießen. und als es dämmerte, ging er wieder hinaus ans Flussufer.

Von dem Moment an, als wir die Taverne verließen, um am Fluss entlangzuschlendern, gelang es mir, mit Frau Falchion ziemlich allein zu sein. Ich weiß nicht, ob sie merkte, dass ich gern privat mit ihr sprechen wollte, aber ich vermute, dass sie es bemerkte. Was auch immer wir zu sagen hatten, muss unter den gegebenen Umständen, so ernst sie auch sein mögen, oberflächlich betrachtet unwichtig bleiben. Und wie es der Zufall wollte, wurde unsere ernsthafte Konferenz mit der Miene von lockerem Klatsch und einem nicht künstlichen Interesse an allem, was wir sahen, fortgesetzt. Und es gab viel zu sehen. Weit oben und unten am Fluss war die duftende Dämmerung mit dem rauchigen roten Licht der Fackeln gesprenkelt, und die Atmosphäre bebte mit Schatten, durch die das Lied des Flusses klang, liebenswerter als das Lied der Säge, und der leise, unheimliche Schrei der Indianer und weißen Männer, die im Schein der Fackeln für den Lachs arbeiteten. Hier schwangen auf einem Gerüst ein halbes Dutzend ihre Netze und Körbe im reißenden Fluss und holten mit ihren sehr langen Angelruten in einer Stunde dreißig oder vierzig prächtige Fische herauf; dort, an einem kleinen Wasserfall, fingen und töteten ein paar Indianer in großen, im Wasser versenkten Körben den Lachs, der beim Versuch, über den Wasserfall zu springen, in den Korbkäfig fiel; Dahinter spießten andere, Müßigere und weniger Unternehmungslustige, die finnischen Reisenden auf, also fünfhundert Meilen von zu Hause entfernt  dem tapferen Pazifik.

An den Ufern wurde mit Hilfe der Frauen und Kinder geputzt und geheilt, und während die Indianer und Mischlinge arbeiteten, sangen sie entweder die wilden Indianermelodien, Fragmente tapferer alter Lieder der „Voyageure" eines vergangenen Jahrhunderts oder Hymnen gelehrt von jesuitischen Missionaren in den Gestalten so edler Männer wie Pere Lacombe und Pere Durieu, die die weiten Ebenen auf beiden Seiten der Rocky Mountains auf und ab gewandert sind und auf malerische, heroische Weise eine alte Geschichte erzählt haben. Diese alten Hymnen wurden in Chinook geschrieben, dieser seltsamen Sprache – Französisch, Englisch, Spanisch, Indisch, zusammengestellt von der Hudson's Bay Company, die wie der Wampumgürtel eine gemeinsame Sprache für Stämme und Völker ist, die keine andere Sprache als ihre eigene sprechen eigen. Sie wurden zu alten Melodien vertont – Schlaflieder, Chansons, Barkarolen, Serenaden, die der Folklore vieler Länder entnommen waren. Immer wieder wurden diese einfachen arkadischen Weisen als Auftakt zu einem Stammesakt gesungen, der dem Scheinwerferlicht der Zivilisation nicht standhalten konnte – wenig von den Indianern östlich der Rocky Mountains, denn sie haben harte Herzen und grimmige Zungen, aber sehr wohl von den Indianern östlich der Rocky Mountains Shuswaps, Siwashes und andere Stämme des Pazifikhangs, deren Natur eher für den Frieden als für den Krieg ist; die eines antiken Tages aus Japan oder Korea herüberwanderten und selbst in ihrem wilden Nomadenstaat nie ihr Können und ihre Handwerkskunst in Holz, Gold und Silber vergaßen.

Wir saßen am Ufer und beobachteten die Szene eine Zeit lang, ohne etwas zu sagen. Hin und wieder, von Gerüst zu Gerüst, von Boot zu Boot und von Haus zu Haus, ertönte das Chinook-Lied und wurde von einem langsamen Monoton unterbrochen, so dass, ohne die Arbeit zu beeinträchtigen, der Klang einer geschlagenen indischen Trommel zu hören war träge oder das Rasseln trockener, harter Stöcke – eine fantastische Begleitung.

„Erinnert es Sie an die Südsee?" Ich fragte Frau Falchion, als sie mit dem Kinn auf der Hand die Szene beobachtete.

Sie richtete sich fast mühsam auf, als wäre sie in Gedanken versunken, und sah mich einen Moment lang neugierig an. Sie schien zu versuchen, ihre Gedanken zurückzuholen, um über meine Frage nachzudenken. Plötzlich antwortete sie mir: „Sehr wenig. Hier gibt es etwas Feineres, Stärkeres. Die Atmosphäre ist energischer, das Leben mehr Leben. Dies ist kein Land für Faule oder Bösartige, so angenehm es auch ist."

„Was für ein Denker Sie sind, Frau Falchion!"

Sie schien sich plötzlich zu erinnern. Ihre Stimme nahm einen satirischen Unterton an. „Du sagst es mit der Miene eines Entdeckers. Mit Kolumbus und Hervey und dir, der Welt –" Sie hielt inne, lachte leise über den Stoß und bewegte den Staub mit ihrem Fuß hin und her.

„Trotz des Sarkasmus möchte ich hinzufügen, dass ich eine persönliche Befriedigung darüber verspüre, dass Sie eine Frau sind, die denkt und mehr aus Gedanken als aus Impulsen heraus handelt."

„‚Persönliche Befriedigung' klingt sehr königlich und erhaben. Es ist schon lange her, stelle ich mir vor, dass du eine – persönliche Befriedigung – an mir empfunden hast."

Ich ließ mich nicht einschüchtern. „Menschen, die gut denken und ein frisches Leben im Freien führen – das tun Sie –, handeln von Natur aus in schwierigen Zeiten – und in Zeiten der Krise – am fairsten und weisesten."

„Aber ich hatte den Eindruck, dass Sie dachten, ich hätte in solchen Momenten unfair und unklug gehandelt."

Wir waren genau dort angekommen, wo ich wollte. In unseren Gedanken schauten wir uns beide diese elenden Szenen auf der „Fulvia" an, als Madras versuchte, die Berichte über das Leben zu korrigieren und sie völlig durcheinander zu bringen.

„Aber", sagte ich, „du bist nicht mehr dieselbe Frau, die du warst."

„In der Tat, Sir Oracle", antwortete sie, „und von welcher Nekromantie wissen Sie?"

„Bei keinem. Ich glaube, es tut dir jetzt leid – ich hoffe, es tut dir leid – für was –"

Sie unterbrach mich empört. „Du gehst zu weit. Du bist fast – unerträglich. Du hast einmal gesagt, dass die Angelegenheit begraben werden sollte, und doch arbeitest du hier für eine Gelegenheit, Gott weiß warum, um mich zu benachteiligen!"

„Verzeihen Sie", antwortete ich; „Ich sagte, dass ich diese erbärmlichen Szenen niemals zur Sprache bringen würde, wenn es keinen Grund gäbe. Es gibt einen Grund."

Sie stand auf. „Welche Ursache – welche mögliche Ursache kann es geben?"

Ich sah ihr fest in die Augen. „Ich bin verpflichtet, meinem Freund zur Seite zu stehen", sagte ich. „Ich kann und ich werde ihm zur Seite stehen."

„Wenn es ein Spiel mit gezogenen Schwertern ist, seien Sie vorsichtig!" sie erwiderte. „Du sprichst mit mir, als wäre ich eine gewöhnliche Abenteurerin.

Du verwechselst mich und vergisst, dass du – von allen Menschen – wenig Spielraum für hohe Moral hast, über den du spekulieren kannst."

„Nein, das vergesse ich nicht", sagte ich, „und ich halte dich auch nicht für eine Abenteurerin. Aber ich bin mir sicher, dass du Macht über meinen Freund hast und –"

Sie hat mich aufgehalten. „Kein Wort mehr zu diesem Thema. Du darfst dies oder das nicht annehmen. Sei weise, ärgere und ärgere eine Frau wie mich nicht. Es wäre besser, mir zu gefallen, als mir zu predigen."

„Frau Falchion", sagte ich fest, „ich möchte Ihnen eine Freude machen – so sehr, dass Sie eines Tages das Gefühl haben werden, ich sei sowohl für Sie als auch für ihn eine gute Freundin gewesen –"

Wieder unterbrach sie mich. „Du redest in dummen Rätseln. Daraus kann nichts Gutes entstehen."

„Das kann ich nicht glauben", drängte ich; „Denn wenn dein Herz einmal von der Liebe eines Menschen bewegt wird, wirst du gerecht sein, und dann wird die Erinnerung an einen anderen Mann, der dich geliebt und für dich gesündigt hat –"

„Oh, du Feigling!" brach sie verächtlich aus: „Du Feigling, so weiterzumachen!"

Ich machte eine kleine entschuldigende Handbewegung und schwieg. Ich war zufrieden. Ich hatte das Gefühl, dass ich sie berührt hatte, wie noch nie zuvor ein Wort von mir sie berührt hatte. Wenn sie emotional würde und in ihren Gefühlen verletzlich wäre, wusste ich, dass Roscoes Frieden gesichert sein könnte. Dass sie Roscoe jetzt liebte, da war ich mir ziemlich sicher. Durch den Nebel konnte ich einen Weg sehen, auch wenn es mir nicht gelang, Madras zu finden und eine weitere überraschende Situation herbeizuführen. Sie atmete schwer vor Aufregung.

Dann sagte sie mit unglaublicher Stille: „Zwingen Sie mich nicht, harte Dinge zu tun. Ich habe ein Geheimnis."

„Ich habe auch ein Geheimnis", antwortete ich. „Lasst uns Kompromisse eingehen."

„Ich habe keine Angst vor deinem Geheimnis", antwortete sie. Sie dachte, ich beziehe mich auf den Tod ihres Mannes. „Nun", antwortete ich, „ich hoffe ehrlich, dass du das nie tun wirst. Das wäre ein guter Tag für dich."

„Lass uns gehen", sagte sie; dann, plötzlich: „Nein, lasst uns hier sitzen und vergessen, dass wir geredet haben."

Ich war zufrieden. Wir setzten uns. Sie beobachtete die Szene schweigend und
ich beobachtete sie. Ich hatte das Gefühl, dass es mein Los sein würde, miterleben zu müssen, wie ihr seltsamere Dinge widerfuhren, als ich es zuvor gesehen hatte; aber alles auf eine andere Art und Weise. Ich hatte mehr Hoffnung für meine Freundin, für Ruth Devlin, für –!

Dann verstummte ich selbst vor mir selbst. Der wogende Fluss, die Fischer und ihre Arbeit und ihre Lieder, die hohen dunklen Hügel, die tiefen, düsteren Weiden, die flackernden Lichter, alles war wie in einem Traum vor mir; aber ich habe nachgedacht, geplant.

Als wir dort saßen, hörten wir Geräusche, die nicht sehr harmonisch waren und den Gesang der Lachsfischer unterbrachen. Wir sind aufgestanden, um nachzusehen. Ein Dutzend Flussfahrer marschierten durch das Dorf, verspotteten die Fischer und machten wilde Heiterkeit. Die Indianer achteten kaum darauf, aber die Mischlinge und weißen Fischer waren unruhig.

„Eines Tages wird es hier Ärger geben", sagte Frau Falchion.

„Ein freier Kampf, der die Luft reinigt", sagte ich.

„Ich würde es gerne sehen – es wäre zumindest malerisch", fügte sie fröhlich hinzu; „Denn ich gehe davon aus, dass kein Leben verloren gehen würde."

„Man kann es nicht sagen", antwortete ich; „Leben zählen in neuen Ländern nicht so sehr."

„Töten ist hasserfüllt, aber ich sehe gerne Mut."

Und sie hat es gesehen.

# Kapitel XVII

## REITEN AUF DEN RIFFEN

Am nächsten Nachmittag saß Roscoe tief in Gedanken versunken auf dem Geländer, als Ruth mit ihrem Vater heranritt, abstieg und ihn so leise traf, dass er sie nicht hörte. Ich stand ein Stück entfernt in den Bäumen.

Sie sprach einmal mit ihm, aber er schien es nicht zu hören. Sie berührte seinen Arm.
Er stand auf.

„Du warst so verlobt, dass du mich nicht gehört hast", sagte sie.

„Der Lärm der Stromschnellen!" Er antwortete nach einer seltsamen Pause: „Und dein Schritt ist sehr leicht."

Sie stützte ihr Kinn auf ihre Hand, lehnte sich gegen das Geländer des Geländers, schaute nachdenklich in den Bach unten und antwortete: „Ist es so leicht?" Dann nach einer Pause: „Du hast mich nicht gefragt, wie ich gekommen bin, wer mit mir gekommen ist oder warum ich hier bin."

„Zuerst musste ich die erfreuliche Tatsache begreifen, dass Sie hier sind", sagte er in einem benommenen und daher nicht überzeugenden Ton.

Sie sah ihm direkt in die Augen. „Bitte machen Sie mir nicht das schlechte Kompliment", sagte sie. „War es der Seemann, der damals gesprochen hat, oder – oder Sie selbst? Das sieht Ihnen nicht ähnlich."

„Ich habe es nicht als Kompliment gemeint", antwortete er. „Ich habe über kritische und wichtige Dinge nachgedacht."

„‚Kritisch und wichtig' klingt groß", gab sie zurück.

„Und das Erwachen kam plötzlich", fuhr er fort. „Sie müssen bitte Rücksicht nehmen auf …"

„Für den schroffen Auftritt einer sehr einfallslosen, substanziellen und unträumerischen Person? Das tue ich. Und jetzt, da Sie mich nicht ganz beruhigen werden, wenn Sie in Worten annehmen, dass ich hier ordnungsgemäß ‚beaufsichtigt' wurde, muss ich es tun Ich teile Ihnen mit, dass mein Vater in der Nähe wartet – er ist, wie mein aufrührerischer junger Bruder sagt, ‚ohne auf der Matte'."

„Ich freue mich sehr", antwortete er eher höflich als genau.

„Dass ich ordnungsgemäß begleitet wurde, oder dass mein Vater „ohne auf der Matte" ist? Abendessen (fühlen Sie sich geehrt – eigentlich eine formelle Dinnerparty in den Rocky Mountains), um den Vizegouverneur zu treffen, der unseren berühmten Viking und Sunburst besucht – da, seht ihr – sein

Pferd auf eurem „gepflegten Parterre". Und nachdem ich meine Pflicht als Page und Bote ohne ein Wort der Hilfe erfüllt habe, Mr. Roscoe, werden Sie meinen Vater ermutigen, zu hoffen, dass Sie seiner Exzellenz gegenüberstehen werden?" Sie schlug leicht mit ihrer Peitsche durch die Luft, während ich mir die bezaubernde Szene genau ansah.

Roscoe sah das Mädchen einen Moment lang ernst an. Er verstand nur zu gut, woher solch schwuler gesellschaftlicher Scherz kam. Er wusste, dass es einen Schmerz verdeckte. Er sagte zu ihr: „Ist das Ruth Devlin oder eine andere?"

Und sie antwortete sehr ernst: „Es sind Ruth Devlin und noch eine andere", und sie blickte mit einem seltsamen Lächeln auf den Abgrund darunter; und ihre Augen waren beunruhigt.

Er verließ sie und ging und sprach mit ihrem Vater, dem ich mich angeschlossen hatte, kehrte aber nach einem Moment zu Ruth zurück. Ruth drehte sich leicht um, um ihm entgegenzukommen, als er kam. „Und soll das Ansehen des Hauses Devlin unterstützt werden?" Sie sagte; „Und der Gouverneur soll mit Geschichten über Flut und Feld unterhalten werden?"

Sein Gesicht hatte sich inzwischen in eine eigentümliche Ruhe verwandelt. Er sagte mit einem Hauch gespielter Ironie: „Der Seemann wird seine Rolle spielen – der gehorsame Gefolgsmann des Hauses Devlin."

„Oh", sagte sie, „du bist jetzt bösartig! Du richtest deine lang ersehnte Satire auf eine Frau." Und sie nickte den Hügeln gegenüber zu, als wollte sie ihnen sagen, dass es so war, wie sie es ihr gesagt hatten: diese großartigen alten Hügel, mit denen sie seit ihrer Kindheit zusammengelebt hatte und denen sie alles erzählt hatte, was ihr jemals widerfahren war.

„Nein, in der Tat nein", antwortete er, „obwohl ich zu Recht zurechtgewiesen werde. Ich fürchte, ich bin böswillig – nur ein wenig, aber es ist alles innere Böswilligkeit: ‚Rom hat sich gegen sich selbst gewandt.'"

„Aber man kann nicht immer sagen, wann die Ironie für den Sprecher gemeint ist. Ihre Ironie schien sich nicht auf Sie selbst zu beziehen", war ihre langsame Antwort, und sie schien mehr an Mount Trinity als an ihm interessiert zu sein.

"NEIN?" Dann sagte er mit spielerischer Traurigkeit: „Vorhin waren Sie doch nicht ganz frei von Ironie, oder?"

„Aber ein Mann ist groß und breit und sollte nicht – er sollte großmütig sein und es der Frau überlassen, deren Leben unter kleinen Dingen verbracht wird, sich Kleinigkeiten schuldig zu machen. Aber sehen Sie, wie gewagt ich bin – so zu Ihnen zu sprechen Du weißt doch so viel mehr als ich, wenn du von Ironie sprichst, die so eisig zu deinen Freunden ist.

Sie hatte sich großartig entwickelt. Ihr Geist war durch den Schmerz geschärft worden. Die Schärfe ihres Witzes war ergreifend geworden, ihre Rede war logisch und anspielungsreich geworden. Roscoe war klug genug zu verstehen, dass die Veränderung in ihr durch die Veränderung in ihm selbst erreicht worden war; dass Ruth seit Mrs. Falchions Ankunft plötzlich in einem Zustand der Verzweiflung erwachte, der nicht genau zu beschreiben war. Obwohl er nie von Liebe zu ihr gesprochen hatte, hatte sie das Gefühl, dass sie das Recht hatte, seine Sorgen zu teilen. Die Seltenheit seiner Besuche bei ihr in letzter Zeit und irgendetwas in seinem Verhalten machten sie unruhig und ein wenig verbittert. Denn es gab eine Vereinbarung zwischen ihnen, obwohl sie unausgesprochen und ungeschrieben gewesen war. Sie hatten ohne Priester oder Zeugen gelobt. Das Herz spricht zuerst beredt in Symbolen und dann in stolpernden Worten.

Roscoe kam es in diesem Moment so vor, als ob die Worte nie ausgesprochen werden würden, wie schon seit einiger Zeit. Und war das alles, was sie beunruhigt hatte – der Glaube, dass Frau Falchion Anspruch auf sein Leben hatte? Oder hatte sie auf seltsame Weise etwas von diesem elenden Schatten in seiner Vergangenheit erfahren?

Diese Möglichkeit erfüllte ihn mit Bitterkeit. Der alte Adam in ihm erwachte und er sagte in sich selbst: „Gott im Himmel, muss eine Torheit, eine Sünde mich und sie auch töten? Warum mich mehr als ein anderer! ... Und ich liebe sie, ich liebe sie!"

Seine Augen flammten, bis ihr Blau ganz schwarz aussah, und seine Brauen wuchsen scharf darüber, was sein Gesicht fast ernst machte. . . . Es gab schnell Visionen, auf sein gegenwärtiges Leben zu verzichten; mit ihr zu gehen – wohin auch immer: ihr alles zu erzählen, sie um Verzeihung zu bitten und das Leben noch einmal von vorne zu beginnen und zuzugeben, dass dieser Versuch der Sühne ein Fehler war; sein Gewissen frei von Geheimnissen zu halten und ihrer Freundlichkeit zu vertrauen. Im Moment war er sicher, dass Frau Falchion seine Position als Geistlicher unmöglich machen wollte; sich an ihm für kein Unrecht zu rächen, das er ihr, soweit er wusste, jemals direkt angetan hatte. Aber diesem Mädchen oder sogar ihrem Vater oder ihrer Mutter zu sagen, dass er auf schändliche, unheilige Weise mit einem Wilden verheiratet worden war, mit dem, was danach kam, und dem Schrecklichen, das passierte – dem, der am Altar diente! Als er dem Ding nun ins Gesicht blickte, schockierte es ihn. Nein, er konnte es nicht tun.

Sie sagte zu ihm, während er sie ansah, als würde er sie durch und durch durchschauen, obwohl seine Gedanken mit einer schrecklichen Möglichkeit beschäftigt waren, die über sie hinausging:

„Warum siehst du so aus? Du bist streng. Du bist kritisch. Habe ich mich – so schlecht entwickelt?"

Die Worte waren erfüllt von einer plötzlichen und natürlichen weiblichen Angst, dass etwas in ihr an Wert verloren hatte. Sie hatten ein Pathos, das umso bewegender war, als sie es zu verbergen suchte.

Vor seinen Augen schwamm das Bild des Glücks, aus dem sie ihn selbst erweckt hatte, als sie kam. Unwillkürlich und leidenschaftlich ergriff er ihre Hand und drückte sie zweimal an seine Lippen; aber sprach nichts.

„Oh! oh! – bitte!" Sie sagte. Ihre Stimme war leise und gebrochen, und sie sprach flehend. Konnte er nicht sehen, dass er ihr das Herz brach und es gleichzeitig mit unerträglicher Freude erfüllte? Warum redete er nicht und machte dies möglich, und ließ es nicht zu, ihre Wangen zu erröten und ihr das Gefühl zu geben, dass er auf der Grundlage eines Wissens gehandelt hatte, zu dessen Besitz er kein Recht hatte, bis er sich in der Sprache erklärt hatte? Hätte er ihr das nicht ersparen können? – Dieser christliche Herr, dessen Wert diese Berge erobert und die Bewohner unter ihnen gewonnen hatte – es war bitter. Ihr Stolz und ihr verletztes Herz stiegen auf und erstickten sie.

Er ließ ihre Hand los. Jetzt war sein Gesicht teilweise von ihr abgewandt und sie sah, wie dünn und blass es war. Sie sah auch, was ich in der letzten Woche gesehen hatte, dass sein Haar an den Schläfen fast weiß geworden war; und die bewegungslose Traurigkeit seiner Lage traf sie mit unnatürlicher Kraft, so dass ihr wider Willen plötzlich Tränen in die Augen traten und ein leises Stöhnen aus ihr herausbrach. Sie wäre weggelaufen; aber es war zu spät.

Er sah die Tränen, den Ausdruck von Mitleid, Empörung, Stolz und Liebe in ihrem Gesicht.

"Meine Liebe!" er weinte leidenschaftlich. Er öffnete ihr die Arme.

Aber sie blieb stehen. Er kam ganz nah an sie heran, sprach schnell und fast verzweifelt: „Ruth, ich liebe dich und ich habe dir Unrecht getan; aber hier ist dein Platz, wenn du kommen willst."

Zuerst schien sie fassungslos zu sein, und ihr Gesicht war ihren Bergen zugewandt, als ob das Echo seiner Worte von ihnen zu ihr zurückkäme, aber das Ding kroch in ihr Herz und überschwemmte es. Sie schien aufzuwachen, und dann trug sie ihre ganze Zuneigung in seine Arme, und sie trocknete ihre Augen an seiner Brust.

Nach einer Weile flüsterte er: „Meine Liebe, ich habe dir Unrecht getan. Ich hätte nicht dafür sorgen sollen, dass du dich um mich kümmerst."

Sie schien nicht zu bemerken, dass er von Unrecht sprach. Sie sagte: „Ich gehörte dir, Galt, sogar von Anfang an, glaube ich, obwohl ich es nicht ganz wusste. Ich erinnere mich an das, was du am ersten Sonntag, als du kamst, in

der Kirche gelesen hast, und es hat mir immer geholfen; denn ich wollte es."
gut sein."

Sie hielt inne und blickte ihn an, dann sagte sie mit süßer Feierlichkeit: „Die
Worte waren:

„'Der Herr, Gott, ist meine Stärke, und er wird meine Füße wie Hinterfüße
machen
und mich auf meinen Höhen wandeln lassen.'"

„Ruth", antwortete er, „du bist immer auf den Höhen gewandelt. Du hast
nie versagt. Und du bist so sicher wie das Nest des Adlers, ein edles Werk
Gottes."

„Nein, ich bin nicht edel, aber ich möchte es sein. Die meisten Frauen mögen
das Gute. Es ist bei uns ein Instinkt, nehme ich an. Wir sollten lieber gut als
böse sein, und wenn wir lieben, können wir Gutes tun; aber wir zittern wie
die Kompassnadel zwischen zwei Polen. Oh, glauben Sie mir!

„Dein Schlimmstes, Ruth, ist so viel höher als mein Bestes wie der Himmel
—"

„Galt, du hast mir die Finger verletzt!" sie unterbrach.

Er hatte die fast schon wilde Kraft seines Griffs nicht bemerkt. Aber sein
Leben hungerte verzweifelt nach ihr. „Vergib mir, Liebste. — Wie ich schon
sagte, besser als mein Bestes; denn, Ruth, mein Leben war — böse, vor langer
Zeit. Du kannst nicht verstehen, wie böse!"

„Sie sind ein Geistlicher und ein guter Mann", sagte sie mit erbärmlicher
Verneinung.

„Du gibst mir ein unbeflecktes Herz, unbefleckt von der Welt. Ich war in
mancher Hinsicht schlimmer als die schlimmsten Männer im Tal dort unten."

„Galt, Galt, du schockierst mich!" Sie sagte.

„Warum habe ich gesprochen? Warum habe ich dir so die Hand geküsst?
Weil es im Augenblick das einzig Ehrliche war; weil es dir gebührte, dass ich
sagte: ‚Ruth, ich liebe dich, liebe dich so sehr'" — hier schmiegte sie sich eng
an ihn — „„so gut, dass alles andere im Leben daneben nichts ist — nichts! So
gut, dass ich dich nicht an meinem Elend teilhaben lassen konnte.'"

Sie ließ ihre Hand über seine Brust gleiten und blickte mit schwimmenden
Augen zu ihm auf.

„Und du denkst, dass das mir gegenüber fair ist? Dass eine Frau ihr Herz nur
für angenehmes Wetter gibt? Ich weiß nicht, was dein Kummer sein mag,
aber es ist mein Recht, ihn zu teilen. Ich bin nur eine Frau; aber eine Frau."
„Ich kann für die, die sie liebt, stark sein." legte ihre Hand auf seine Schulter

– „um mir zu sagen, dass du keine andere Frau liebst; und dass – dass keine andere Frau einen Anspruch auf dich hat. Dann werde ich zufrieden sein, Mitleid mit dir zu haben, dir zu helfen, dich zu lieben. Gott." bereitet den Frauen viele Schmerzen, aber keine ist so groß wie die Liebe, die nicht völlig vertrauen will; denn Vertrauen ist unser Lebensbrot.

„Ich wage nicht zu sagen", sagte er, „dass es dein Unglück ist, mich zu lieben, denn darin zeigst du, wie edel eine Frau sein kann. Aber ich werde sagen, dass der Kelch für dich bittersüß ist. . . . Ich." Ich kann Ihnen jetzt nicht sagen, was mein Problem ist; aber ich kann sagen, dass keine andere lebende Frau einen Anspruch auf mich hat.

„Das ist bei Gott", flüsterte sie, „und Er ist auch gerecht und barmherzig ... Kann es hier nicht repariert werden?" Sie strich sein Haar zurück und ließ dann ihre Finger leicht über seine Wange gleiten.

Die Antwort tat ihm höllisch weh. „Nein, aber hier kann es Strafe geben."

Sie schauderte leicht. „Strafe, Strafe", wiederholte sie ängstlich – „welche Strafe?"

"Ich weiß nicht genau." Die schmerzerfüllten Falten in seinem Gesicht vertieften          sich.          .          .          .
„Ruth, wie viel kann eine Frau vergeben?"

„Eine Mutter, alles." Aber sie wollte nichts mehr sagen. Er sah sie lange und ernst an und sagte schließlich: „Wirst du an mich glauben, egal was passiert?"

"Immer immer." Ihr Lächeln war äußerst gewinnend.

„Wenn mir die Dinge düster erscheinen sollten?"

„Ja, wenn du mir dein Wort gibst."

„Wenn ich dir sagen würde, dass ich etwas Unrechtes getan habe, dass ich das Gesetz Gottes gebrochen habe, nicht aber die Gesetze der Menschen?"

Es entstand eine Pause, in der sie sich, leicht zitternd, zurückzog und ihn erst schüchtern und dann fest ansah, aber sofort ihre Hände tapfer in seine legte und sagte: „Ja."

„Ich habe die Gesetze des Menschen nicht gebrochen."

„Das war, als Sie bei der Marine waren?" fragte sie in ehrfürchtigem Ton.

„Ja, vor Jahren."

„Ich weiß. Ich fühle es. Du darfst es mir nicht sagen. Es war eine Frau, und diese andere Frau, diese Mrs. Falchion, weiß es, und sie würde versuchen, dich zu ruinieren, oder" – hier schien sie plötzlich von einem neuen Gedanken bewegt zu werden – „oder dich dazu zu bringen, sie zu lieben.

Aber sie soll es nicht, sie soll es nicht – weder noch! Denn ich werde dich lieben, und Gott wird mir zuhören und mir antworten."

„Wäre ich deiner würdig, Ruth, so wage ich gar nicht daran zu denken, wohin du berufen werden könntest, mir zu folgen."

„Wohin du gehst, da will auch ich gehen, und wo du bleibst, da bleibe auch ich. Dein Volk ist mein Volk und dein Gott ist mein Gott", erwiderte sie leise.

„Dein Gott, mein Gott!"', wiederholte er ihr langsam nach. Er fragte sich plötzlich, ob sein Gott ihr Gott war; ob er jetzt, in seiner Not, den Trost hatte, den sein Glaubensbekenntnis und sein Beruf ihm geben sollten. Zum ersten Mal spürte er deutlich, dass seine Entscheidung für dieses neue Leben möglicherweise eher eine Reaktion auf die Vergangenheit war, ein Wunsch nach Sühne, als der radikale Glaube, dass dies das Richtige und Einzige für ihn sei. Und als er sich einige Zeit später von Ruth verabschiedete, als sie mit ihrem Vater ging, wurde ihm mit entsetzlicher Überzeugung klar, dass sein Leben ein Fehler gewesen war. Die Wendung eines großen Unrechts im Charakter eines Menschen verzerrt seine Sicht; und wenn er ein sanftes Gewissen hat, verherrlicht er seine Missetaten.

Schweigend sahen Roscoe und ich zu, wie die beiden den Hang hinunterfuhren. Ich ahnte, was passiert war: Danach wurde mir alles erzählt. Ich war froh darüber, obwohl das Ende noch nicht vielversprechend war. Als wir uns umdrehten, um wieder zum Haus zu gehen, kam ein Mann zwischen den Bäumen auf uns zugeschlendert. Er sah mich an, dann Roscoe und sagte:

„Ich bin Phil Boldricks Kumpel aus Danger Mountain." Roscoe streckte seine Hand aus, und der Mann ergriff sie und sagte: „Du bist der Padre, nehme ich an, und Phil war sanft zu dir. Er ist nicht religiös geworden, oder? Er hatte immer einen Hauch von Gott, dem Allmächtigen." in ihm; eine Art unverschämter Freund der Witwe und des Waisenkindes, und ich habe deinen Brief bekommen und bin direkt hierher gekommen dafür zu sorgen, dass er seinen Tugenden entsprechend beerdigt wurde; um die Dollars, die er mir hinterlassen hat, auf die Leute zu verteilen, die er auf seiner Besuchsliste hatte, nicht einen einzigen, aber denen, die bei ihm geblieben sind, bleibe ich; solange Prog und Alkohol reichen.

Ich sah, wie Roscoe ihn geistesabwesend ansah, und da er nicht antwortete, sagte ich: „Phil hatte viele Freunde und keine Feinde." Dann erzählte ich ihm die Geschichte seines Todes und seiner Beerdigung und wie das Tal um ihn trauerte.

Während ich sprach, stand er an einen Baum gelehnt, schüttelte den Kopf und lauschte, sein Blick ruhte gelegentlich auf Roscoe, mit einem Ausdruck, der ebenso abwesend und verwirrt war wie auf Roscoes Gesicht. Als ich fertig war, fuhr er langsam mit der Hand über seinen Bart und hinter seinen Fingern ertönte ein dumpfer Laut. Aber er sprach nicht.

Dann schlug ich leise vor, dass Phils Dollar besser verwendet werden könnte als für Prog und Alkohol.

Darauf antwortete er überhaupt nicht; Aber nach einer kurzen Pause, in der er das Spiel eines Eichhörnchens in einer Kiefer zu studieren schien, rieb er sich nervös das Kinn und sagte mehr in einem Selbstgespräch als in einem Gespräch: „Ich hatte nie nur zwei Freunde, die durch und durch Freunde waren." . Und einer war Phil und der andere war Jo – Jo Brackenbury."

Hier zuckte plötzlich Roscoes Hand, die an der Rinde einer Pappel gezupft hatte.

Der Mann fuhr fort: „Die arme Jo ging mit der ‚Fly Away' unter, als sie mit ihren nackten Rippen flach vor dem Wind schwang und überschwemmte und an den blutigen Riffen von Apia zerrte … Gott, wie sie sie zernagten! Und niemals Ein Lappen hält noch einen Stock, und ihre hübsche Figur zerbricht wie eine Blechpfeife in einem Corliss-Motor. Und Jo Brackenbury, der schickste Kerl, der lauteste Kumpel, der jemals gesagt hat: „So geht's!" ging auf einem tosenden Meer in den Himmel.

„Jo Brackenbury –", wiederholte Roscoe nachdenklich. Sein Kopf war von uns abgewandt.

„Ja, Jo Brackenbury; und Kapitän Falchion sagte zu mir" (ich wundere mich, dass ich damals nicht angefangen habe), „als ich ihm erzählte, wie die ‚Fly Away' nach Davy sank und ihre Liebhaber hochstiegen, dicht vor dem Wind gerefft." – „Dann", sagt er, „haben sie einen verdammt guten Seemann auf dem Jordan, und helfen Sie mir, der ist gut genug, um mein Mädchen vom offenen Meer aus zu rudern, während die Stürme tosen und die Brecher ihre Zähne zeigen." „Maita Point ist gut genug für den Einsatz dort, wo die See ruhig ist und Riffe nicht in Mode sind."

Roscoes Gesicht sah verstört aus, als es sich nun zu uns umdrehte. „Wenn Sie mich treffen", sagte er zu dem Fremden, „werde ich Ihnen morgen früh in Mr. Devlins Büro in Viking Phil Boldricks Erbe übergeben."

Der Mann tat so, als würde er Roscoe die Hand schütteln, der die Bewegung offenbar nicht bemerkte, und sagte dann: „Ich werde da sein. Darauf können Sie sich verlassen; und wie wir unten auf den Spicy Isles immer sagten: wo keiner von euch jemals war, nehme ich an, Talofa!"

Er wandte sich den Hang hinab.

Roscoe drehte sich zu mir um. „Siehst du, Marmion, alle Dinge drehen sich um ein Zentrum. Die Spur scheint lang zu sein, aber der Fuchs wird eine Armlänge von seinem Loch entfernt getötet."

„Nicht immer. Du nimmst es zu ernst", sagte ich. „Du bist kein Fuchs."

„Dieser Mann wird beim Tod anwesend sein", beharrte er.

„Unsinn, Roscoe. Er kennt dich nicht. Was hat er mit dir zu tun? Das sind überreizte Nerven. Du bringst dich um, wenn du dir Sorgen machst."

Er war eine Minute lang regungslos und still. Dann sagte er ganz leise: „Nein, ich glaube nicht, dass ich mir jetzt wirklich Sorgen mache. Ich habe gewusst" – hier legte er seine Hand auf meine Schulter und seine Augen leuchteten – „was es heißt, glücklich zu sein, unsagbar glücklich.", für einen Moment; und das bleibt mir nicht länger ein Feigling.

Er fuhr sich mit den Fingerspitzen langsam über die Stirn. Dann fuhr er fort: „Morgen werde ich zweifellos wütend auf mich selbst sein, weil ich in diesem Moment so viel Freude hatte, aber ich kann jetzt nicht so empfinden. Ich werde mich wahrscheinlich wegen grausamer Selbstsucht verurteilen; aber ich habe heute Nachmittag den höchsten Punkt des Lebens erreicht, Marmion.

Ich zog seine Hand von meiner Schulter und drückte sie. Es war kalt. Er wandte seinen Blick vom Berg ab und sagte: „Ich hatte Träume, Marmion, und sie sind vorbei. Ich habe in einem gelebt: eine Vergangenheit zu sühnen – auszulöschen –, indem ich mein Leben für andere ausgegeben habe. Die Sühne ist nicht." Es reichte aus, die Liebe einer Frau zu gewinnen, und es war für einen Moment vorbei. Und jetzt ist es vorbei muss gemacht werden, bevor ich einen weiteren Traum habe – einen langen, Marmion.

Ich hatte Vorahnungen, aber ich riss mich zusammen und sagte fest: „Roscoe, das sind Einbildungen. Hör auf, Mann. Du bist launisch. Komm, lass uns gehen und über andere Dinge reden."

„Nein, wir werden nicht laufen", sagte er, „aber lasst uns dort auf der Mauerkrone sitzen und still sein – still in diesem Getöse zwischen den Hügeln." Plötzlich drehte er sich um, packte mich an den Schultern und hielt mich sanft fest.

„Ich habe einen Schmerz im Herzen, Marmion, als hätte ich mein Todesurteil gehört; so wie ein Soldat sich fühlt, der weiß, dass der Tod ihn aus eisernen Augen ansieht. Du lächelst: Ich nehme an, du hältst mich für verrückt."

Ich sah, dass es das Beste war, ihn seine Meinung sagen zu lassen. Also antwortete ich: „Nicht böse, mein Freund. Sagen Sie, was Sie wollen. Sagen

Sie mir alles, was Sie fühlen. Aber um Gottes willen, seien Sie mutig und geben Sie nicht auf, bis sich die Gelegenheit dazu bietet. Ich bin sicher, Sie übertreiben Ihre Gefahr, was auch immer." es ist."

„Hören Sie einen Moment zu", sagte er: „Ich hatte einen Bruder Edward, einen so guten Jungen wie nie zuvor, einen ausgelassenen, gesunden Kerl. Wir hatten eine alte Krankenschwester in unserer Familie, die aus den irischen Hügeln stammte und treu und freundlich zu uns war." Es kam zu einer Veränderung bei Edward. Eines Tages kam er etwas blass zu mir und sagte: „Galt, ich würde gerne für die Kirche studieren." ' Ich lachte darüber, aber es beunruhigte mich, denn ich sah, dass es ihm nicht gut ging. Sie schüttelte traurig den Kopf und sagte: „Edward ist nicht für die Kirche, sondern für dich, mein Junge." . Er ist für den Himmel.'

„„Für den Himmel, Martha?' lachte ich.

„„In Wahrheit für den Himmel', antwortete sie, ,und das bald. Der Blick in seinen Augen ist verhängnisvoll. Ich habe es gesehen, seit ich ihn gewickelt habe, und er wird plötzlich gehen.'

„Ich war wütend und sagte zu ihr – obwohl sie dachte, sie spreche die Wahrheit: ,Das ist nur irisches Quaken. Als nächstes haben wir die Todesfee.'

„Sie stand von ihrem Stuhl auf und antwortete mir feierlich: ,Galt Roscoe, ich habe die Todesfee heulen gehört, und Kummer kommt über dein Zuhause. Und sei nicht so hart zu mir, der dich geliebt hat und der dafür leidet.' Junge, der oft und oft auf meiner Brust liegt, denn auch du, nicht er, wird wie ein schneller und leichter Schlaf zu ihm kommen Du wirst seine Hand auf deinem Herzen spüren und seinen Hass für viele Tage kennen und die langsamen Wehen davon ertragen, bis dein Leben völlig zerstört ist und du allein von der Welt gehst, die Liebe, die dir nachschreit und nicht in der Lage ist, dich zu retten. Nicht einmal die Liebe der Frau – schwächer als der Tod, wenn dieser Tag in einem fremden Land kommt, werde ich für dich beten Ihr habt euch eine Zeit lang in Ruhe gelassen, um nie wieder in dieser Welt zurückzukommen.'

„Und, Marmion, in dieser Nacht gegen Morgen, als ich mit Edward im selben Raum lag, hörte ich, wie sein Atem abrupt aussetzte. Ich sprang auf und zog die Vorhänge beiseite, um das Licht hereinzulassen, und dann wusste ich, dass die alte Frau sprach Stimmt. Und jetzt bin ich wie Hamlet: „Aber es ist egal!" ...

Ich versuchte zu lachen und sein Grübeln wegzureden, aber es hatte wenig Sinn, so stark waren seine Überzeugungen. Was kann man außerdem mit einer Morbidität tun, die ihren Ursprung in schicksalhaften Umständen hat?

Ich wünschte inständig, dass ein Telegramm aus Winnipeg käme, um mir mitzuteilen, ob Boyd Madras unter seinem neuen Namen gefunden werden könne. Ich war ein Jäger auf einer schwachen Spur.

# Kapitel XVIII

## Die Saiten des Schicksals

Als Phils Kumpel uns verließ, schlenderte er den Hang hinunter und redete mit sich selbst. Lange danach erzählte er mir, wie er sich fühlte, und ich gebe seine Sätze so gut ich kann wieder.

„Ich schätze, ich habe sie umgehauen", sagte er, „mit dem über Jo Brackenbury ... Der arme Jo! Zusammengehalten haben er und ich es geschafft, nachdem sie den Stahl in ihr Herz bekommen hatte." ... Er riss sich schaudernd zusammen. ... „Sie ist zu mir zurückgekehrt, sie hat es getan, und hat mit einem verfluchten Anschwellen angefangen, und es wurde kalt – kalt. Und ich? Bei Judas! Das war mir nie verborgen. Ich habe Frauen gekannt, viele von ihnen, aus allen Ländern." , aber sie war jetzt, nach all den Jahren, dass ich ihm den Atem rauben würde, wenn ich das für sie tun würde. Sie klammert sich an sie , und Phil Boldrick klammert sich fest; und sie sind weg, und ich muss alleine weitermachen – was! – von Jiminy!"

So rief er aus, als er zwei Frauen aus der Richtung des Tals kommen sah. Er stand still, den Mund offen und starrte. Sie kamen näher, fast wären sie an ihm vorbeigekommen. Doch einer von ihnen, beeindruckt von seinem intensiven Blick, drehte sich plötzlich um und kam auf ihn zu.

„Fräulein Falchion! Fräulein Falchion!" er weinte. Dann, als sie zögerte, als würde sie sich erinnern müssen, fügte er hinzu: „Kennst du mich nicht?"

„Ah", antwortete sie abrupt, „Sam Kilby! Sind Sie Sam Kilby, Jo Brackenburys Freund, aus Samoa?"

„Ja, Miss, ich bin Jo Brackenburys Freund; und ich schätze schon, ich habe Sie mehr als einmal mit ihm über die Riffe gerudert! Aber von Apia bis zu den Rocky Mountains ist es ein langer Weg, und es ist lustig, sich hier zu treffen."

„Wann bist du hierher gekommen – und von wo?"

„Ich komme heute vom Hudson's Bay-Posten in Danger Mountain. Ich bin Phil
Boldricks Kumpel."

„Ah", sagte sie erneut mit einem Ausdruck in ihren Augen, der nicht angenehm anzusehen war, „und was führt dich hierher in die Berge?" Es war mehr als eine gewöhnliche Kuriosität.

„Ich komme, um den Padre zu sehen, der bei Phil war – als er ging. Und der Padre ist meiner Meinung nach ein recht anständiger Typ, aber melancholisch, allmächtig melancholisch "

„Ja, melancholisch, nehme ich an", sagte sie, „und fair, wie Sie sagen. Und was haben Sie gesagt und getan?"

„Na ja, wir haben über Phil geredet und darüber, wo ich morgen das Erbe herbekomme; und ich nehme an, ich hatte im Quartal einen starken Wind, denn ich redete so freimütig, als hätten wir aus dem gleichen Teig geschöpft -pan, seit wir Kinder waren.

"Ja?"

„Ja, Siree, ich weiß nicht, wie es war, aber ich musste mich über Jo unterhalten – seltsam, nicht wahr? Und ich erzählte ihnen, wie er in „Fly Away" untergegangen ist und wie schön Meine Damen – Sie erinnern sich, wie wir die Schaumkronen liebliche Damen nannten – streichelten ihn hinaus aufs Meer und weiter in den Himmel."

„Und was hat – der Padre – davon gedacht?"

„Nun, er hat ein Herz, sollte ich sagen, und das ist vielleicht der Grund, warum Phil ihm gegenüber freundlich gesinnt ist – denn er sah aus, als hätte er Geister gesehen. Ich schätze, er hatte noch nie ein Boot zwischen einem Sand- Bar und eine zerklüftete Korallenbank; noch ein Mädchen wie die „Fly Away", das einen Buster in die Zähne bekam, noch ein Kriegsschiff, das auf einem fiesen Glacis landete, der Kapitän auf der Brücke, die Maschinen starteten Alles, was sie wert sind, jeder Mann unten, der den Kampf zwischen den Motoren und dem Hurrikan beobachtet ' Motoren ziehen sie zurück; und sie schwankt und kämpft und zittert zwischen der Hölle im Hurrikan und dem mächtigen Gott in den Motoren, bis sie schließlich sicher und gesund herauskriecht. .Ich schätze, er hätte mehr Marmor in den Wangen, wenn er so etwas sehen würde, Miss Falchion?"

Kilby hielt inne und wischte sich die Stirn.

Sie hatte ruhig zugehört. Sie beantwortete seine Frage nicht. Sie sagte: „Kilby, ich wohne im Sommerhotel dort oben. Wirst du mich besuchen – lass mich sehen … sagen wir, morgen Nachmittag? – Jemand wird dir den Weg sagen, wenn du es nicht weißt." „Fragen Sie nach Frau Falchion, nicht nach Miss Falchion."

„Ja", antwortete er, „Sie können auf mich zählen; denn ich würde gerne von den Dingen hören, die passiert sind, nachdem ich Apia verlassen habe – und wie es kommt, dass Sie Frau Falchion sind, denn das ist mächtig seltsam."

„Das alles und noch mehr werdet ihr hören." Sie streckte ihm die Hand hin und lächelte. Er nahm es und sie wusste, dass sie nun die Fäden des Schicksals in die Hand nahm.

Sie trennten sich.

Die beiden gingen weiter und sahen in ihrer kühlen Eleganz aus, als wäre das Leben das Schönste; als ob der Duft ihrer Kleidung sie vor der Plage bewahren würde, die man Drangsal nennt.

„Justine", sagte Frau Falchion, „es gibt ein Gesetz, das seltsamer ist als alles andere: das Gesetz des Zufalls. Vielleicht hilft die Bequemlichkeit des modernen Reisens dabei, aber auch das Schicksal ist darin enthalten. Ereignisse laufen im Kreis. Menschen, die mit ihnen verbunden sind, reisen so." Wir kommen auch oft aneinander vorbei, aber auf unterschiedlichen Wegen, bis wir uns näher kommen und uns von Angesicht zu Angesicht sehen.

Sie sprach fast genau die Worte, die Roscoe zu mir gesagt hatte. Aber vielleicht war daran nichts Seltsames.

„Ja, Madame", antwortete Justine; „Es ist so, aber es gibt ein Gesetz, das größer ist als der Zufall."

„Was, Justine?"

„Das Gesetz der Liebe, das gerecht und barmherzig ist und Frieden statt Ärger geben würde."

Mrs. Falchion sah Justine genau an und sagte nach einem Moment offensichtlich zufrieden: „Was wissen Sie über Liebe?"

Justine bemühte sich um Fassung und antwortete sanft: „Ich habe meinen Bruder Hector geliebt."

„Und hat es dich gerecht und barmherzig gemacht und – einen Engel?"

„Madame, das könnten Sie besser beantworten. Aber es hat mich nicht dazu gebracht, Krieg zu führen; es hat mich geduldig gemacht."

„Deine Liebe – zu deinem Bruder – hat dich dazu gemacht?" Wieder sah sie scharf aus, aber Justine zeigte jetzt nichts als Ernsthaftigkeit.

"Ja, Madame."

Frau Falchion hielt einen Moment inne und schien sich auf die Schönheit der von Kiefern gesäumten Hügel zu konzentrieren, die von schneebedeckten Gipfeln gekrönt und in eine äußerst herzliche, aber zarte Farbe gehüllt waren. Das Rot ihres Sonnenschirms warf eine warme Sanftheit auf ihr Gesicht. Sie sprach jetzt, ohne Justine anzusehen.

„Justine, hast du jemals jemanden außer deinem Bruder geliebt? – ich meine einen anderen Mann."

Justine schwieg einen Moment, dann sagte sie: „Ja, einmal." Sie blickte jetzt auf die Hügel und Frau Falchion auf sie.

„Und du warst glücklich?" Hier spielte Mrs. Falchion gedankenverloren mit einem Stück Spitze an Justines Arm. Solche Taten waren für sie ungewöhnlich.

„Ich war glücklich – im Lieben."

„Warum hast du nicht geheiratet?"

„Madame – es war unmöglich – ganz und gar." Dies mit Zögern und dem geringsten Schmerzakzent.

„Warum unmöglich? Du siehst gut aus, du wurdest als Dame geboren; du hast ein törichtes Herz – die Liebsten sind töricht." Sie beobachtete das Mädchen aufmerksam, die Hand hörte auf, mit der Spitze zu spielen, und packte den Arm selbst – „Warum unmöglich?"

„Madame, er hat mich nicht geliebt, er konnte es nie."

„Wusste er von deiner Liebe?"

"Oh nein nein!" Dies mit Schwierigkeiten in ihrer Stimme.

„Und du hast es nie vergessen?"

Der Katechismus war gnadenlos; aber Frau Falchion war nicht nur böswillig. Sie erkundigte sich nach einer Sache, die ihr unendlich wichtig war. Sie suchte im Herzen eines anderen, nicht nur, weil sie misstrauisch war, sondern weil sie sich selbst besser kennenlernen wollte.

„Es ist leicht zu merken."

„Ist es schon lange her, dass du ihn gesehen hast?"

Die Frage erfüllte sie fast mit Schrecken, denn sie war sich nicht ganz sicher, warum Mrs. Falchion sie befragte. Sie hob langsam ihre Augen und in ihnen lag Angst und Freude. „Es kommt mir vor", sagte sie, „wie Jahre."

„Er liebt vielleicht jemand anderen?"

„Ja, das glaube ich, Madame."

„Hast du sie gehasst?"

„Oh nein, ich freue mich für ihn."

Hier sprach Frau Falchion scharf, fast bitter. Trotz ihrer sanften Farbe zeigte sich eine Härte. „Du freust dich für ihn? Du würdest eine andere Frau in seinen Armen sehen und nicht voller Wut sein?"

"Ganz."

„Justine, du bist ein Idiot."

„Madame, es gibt kein Gebot dagegen, ein Narr zu sein.“

„Oh, du machst mich wütend mit deiner Sanftmut!“ Hier fing Frau Falchion einen Zweig eines neben ihr stehenden Baumes, zerbrach ihn mit den Fingern und warf die Stücke gereizt auf den Boden. „Angenommen, der Mann hätte dich einmal geliebt und danach einen anderen geliebt – dann wieder einen anderen?“

„Madame, das wäre mein großes Unglück, aber es könnte für ihn kein Unrecht sein.“

„Wie wäre es nicht mit einem Unrecht in ihm?“

„Vielleicht war es meine Schuld. In beiden muss Liebe stecken – große Liebe, damit sie von Dauer ist.“

„Und wenn die Frau ihn überhaupt nicht liebte?“

„Wo könnte dann das Falsche an ihm sein?“

„Und wenn er von dir weggehen würde“, – hier wurde ihre Stimme trocken und ihre Worte waren scharf – „und eine Frau aus den Tiefen von – oh, egal was! nahm und sie dazu brachte, – ein Verbrechen – zu begehen, und selbst ein Verbrecher wurde.“ ?"

„Es ist schrecklich, daran zu denken; aber ich sollte mich fragen, wie groß meine Schuld ist … Was würden Sie sich fragen, Madame?“

„Du hast eine Art Engel in dir, Justine. Du würdest Judas verzeihen, wenn er ‚Peccavi‘ sagen würde.“ Ich habe eine Art Satan – er wurde in mir geboren – ich würde sagen: Du hast gesündigt, jetzt leide.“

„Gott gebe dir ein weicheres Herz“, sagte Justine mit zärtlicher Kühnheit und Aufrichtigkeit.

Bei diesen Worten zuckte Frau Falchion leicht zusammen, und ihr Gesicht war voller Kummer. Sie nahm jedoch einen fast schroffen, künstlich luftigen und unwichtigen Ton an.

„So, das reicht, danke. . . . Wir sind ernst und unverständlich geworden. Lass uns über andere Dinge reden. Ich möchte schwul sein. . . . Amüsiere mich.“

Als sie im Hotel ankam, sagte sie zu Justine, dass sie bis kurz vor dem Abendessen nicht gestört werden dürfe, und zog sich in ihr Wohnzimmer zurück. Da saß sie und dachte nach, wie sie es noch nie in ihrem Leben getan hatte. Sie dachte an alles, was seit dem Tag passiert war, als sie Galt Roscoe auf der „Fulvia“ traf; von einem bestimmten Abend in England, bevor er Befehle entgegennahm, als er ihr als Erwiderung auf eine besonders schneidende Bemerkung von ihr sagte, sie sei das böse Genie seines Lebens: an diesem Abend, als ihr Herz hart wurde, wie sie einmal gesagt hatte es sollte immer für ihn sein, und nach vielem Zögern beschloss sie erneut, dass sie genau solch ein Genie sein würde; von der seltsamen Begegnung in den Stromschnellen bei Devil's Slide und der Ironie darin; und die Tatsache, dass er ihr das Leben gerettet hatte – darüber hielt sie eine Weile inne; von Ruth Devlin – und hier wurde sie von widersprüchlichen Gefühlen beeinflusst; von der Szene in der Mühle und von Phil Boldricks Tod und Beerdigung; an den Gottesdienst in der Kirche, wo sie ihn verspotten wollte und sich stattdessen selbst verspottete; vom Treffen mit Tonga Sam; von allem, was Justine zu ihr gesagt hatte: dann wieder von der fernen Vergangenheit in Samoa, mit der Galt Roscoe in Verbindung gebracht wurde, und von diesem ersten Rachegelübde für etwas, das er getan hatte; und wie sie bis jetzt Jahr für Jahr gezögert hatte, es zu erfüllen.

Als sie sich langsam vor ihren Augen hin und her bewegte, erkannte sie, dass sie ihr Leben fast ganz allein gelebt hatte; dass keine Frau sie jemals als Freundin geschätzt und dass sie jemals vertrauensvoll und in Liebe an die Brust eines Mannes gelegt hatte . Man hatte sie geliebt, aber es hatte ihr nie Zufriedenheit gebracht. Von Justine kam Hingabe; aber es war, wie sie dachte, gekauft und bezahlt worden, wie die Arbeit eines Pflügers. Und wenn sie jetzt in Justines Augen einen Ausdruck der Freundschaft sah, einen Zeichen persönlicher Treue, wusste sie, dass das daran lag, dass sie selbst menschlicher geworden war.

Ihre Natur war aufgewühlt. Ihr natürliches Herz kämpfte gegen ihre alte Bitterkeit gegenüber Galt Roscoe und ihren teilweisen Hass auf Ruth Devlin. Einst hatte Roscoe sie geliebt, und sie hatte ihn nicht geliebt. Dann, an einem für ihn bitteren Tag, tat er etwas Verrücktes. Die Sache wurde – obwohl keiner von ihnen es zu diesem Zeitpunkt wusste und er noch nicht wusste – zu einer großen Verletzung für sie, und dies hatte die scharfe Vergeltung erfordert, zu deren Einsatz sie in der Lage war. Aber es war nicht alles so passiert, wie sie es erwartet hatte; denn etwas, das Liebe genannt wurde, war in ihr sehr langsam geboren worden und wurde nun geboren und, zitternd um sein schüchternes Leben, in die Welt geschickt.

Sie schloss müde die Augen und presste die Hände an die Schläfen.

Sie fragte sich, warum sie nicht ganz böse oder ganz gut sein konnte. Sie sprach und handelte gegen Ruth Devlin, und dennoch hatte sie Mitleid mit ihr. Sie hatte die Brennnessel, um Roscoe zu Tode zu stechen, und dennoch zögerte sie, sie zu benutzen. Sie hatte sich gesagt, dass sie bis zum glücklichsten Moment seines Lebens warten und es dann tun würde. Nun, sein glücklichster Moment war gekommen. Ruth Devlins Herz war ganz offen, ganz erblüht – neben dem von Frau Falchion wie eine wilde Blume für die Aloe. . . . Erst jetzt hatte sie erfahren, dass sie ein Herz hatte. Etwas hatte sie bei ihrer Geburt erschreckt, und als ihre Mutter starb, verschloss der

Kuss eines Fremden alle Wege zur Liebe und hinterließ einen Eiszapfen in ihr. Sie war achtundzwanzig Jahre alt, und doch hatte sie noch nie ein Gesicht geküsst, um sich zu freuen oder Freude zu bereiten. Und jetzt, da sie sich selbst kennengelernt und verstanden hatte, was andere verstehen, wenn sie kleine Kinder in den Armen ihrer Mutter sind, musste sie sich dem Geist beugen, der leugnet. Sie richtete sich mit zitterndem Körper auf.

"Oh Gott!" Sie sagte: „Hasse ich ihn oder liebe ich ihn?“ Ihr Kopf sank in ihre Hände. Sie saß ungeachtet der Zeit da, rührte sich kaum noch und war verzweifelt still. Die Tür öffnete sich leise und Justine trat ein. „Madame“, sagte sie, „entschuldigen Sie, es tut mir so leid, aber Miss Devlin ist gekommen, um Sie zu besuchen, und ich dachte –“

„Du dachtest, Justine, dass ich sie sehen würde.“ In ihrer Stimme lag unverkennbar Ironie. „Sehr gut. . . . Bringen Sie sie herein.“

Sie stand auf, streckte die Arme aus, als wolle sie sich von einer Last befreien, strich ihr Haar glatt, fasste sich und wartete, während die Nachmittagssonne gerade auf ihre polierten Schuhe fiel und ihre Füße aus Gold machte. Sie blickte zufällig auf sie herab. Eine seltsame Erinnerung kam ihr in den Sinn: Worte, die sie Roscoe in der Kirche gelesen hatte. Das Ding wirkte in seiner Assoziation fast grotesk. „Wie schön sind auf den Bergen die Füße dessen, der frohe Botschaft bringt, der Frieden verkündet!“

Ruth Devlin kam herein und sagte: „Ich bin gekommen, um Sie zu fragen, ob Sie nächsten Montagabend bei uns speisen werden?“

Dann erläuterte sie den Anlass der Dinnerparty und sagte: „Sehen Sie, obwohl es formell ist, frage ich unsere Gäste informell.“ und sie fügte so neutral und leichthin wie möglich hinzu: „Herr Roscoe und Dr. Marmion waren so freundlich, zu sagen, dass sie kommen werden. Natürlich ist eine Dinnerparty, wie sie sein sollte, für uns einfache Leute völlig unmöglich, aber Wenn ein Vizegouverneur Befehle erteilt, müssen wir unser Bestes geben – mit der Hilfe unserer Freunde.“

Mrs. Falchion sei entzückt, sagte sie, und dann unterhielten sie sich über triviale Dinge, wobei Ruth die Falten ihres Reitkleides mit der Peitsche eifrig und beschäftigter glättete, als es die Handlung erforderte. Schließlich sagte sie im Verlauf des formellen Gesprächs: „Sie sind viel gereist?“

„Ja, das war mein Los“, war die Antwort; und sie lehnte sich in dem goldbesetzten Korbstuhl zurück, ihre Füße noch immer im Sonnenlicht.

„Ich habe mir oft gewünscht, dass ich über den Ozean reisen könnte“, sagte Ruth, „aber hier bleibe ich – was soll ich sagen? – ein Rustikaler in einer Bandschachtel, der die Welt durch ein Loch sicht. So ist mein Vater.“ „Außer natürlich, dass ich es sehr inspirierend finde, hier draußen inmitten wundervoller Berge zu leben, die, wie Herr Roscoe sagt, die aristokratischsten aller Gefährten sind."

Jemand im Nebenzimmer spielte müßig, aber ausdrucksvoll Klavier. Die Notizen von „Il Trovatore" begleiteten ihre Rede kontinuierlich und variierten wie beabsichtigt mit ihrer Bedeutung und Wichtigkeit, standen aber dennoch zuweilen in einzigartigem Kontrast zu ihren Gedanken und Worten. Es war fast sardonisch in seiner monotonen Dauer.

„Reisen ist nicht alles, glauben Sie mir, Miss Devlin", war die lässige Antwort. „Vielleicht ist das Leben umso glücklicher, je einfacher. Die Bandbox ist nicht das Schlimmste, was einem passieren kann – wenn man dazu geboren wird Welt, die Bandbox ist wieder dauerhaft bewohnbar."

Frau Falchion war begeistert; Sie hatte ihre Chance gefunden.

Vom Ausgang dieses Duells hängt, wenn Ruth Devlin es nur wüsste, ihr eigenes Glück und das eines anderen ab. Es ist jedoch nicht unwahrscheinlich, dass sie etwas davon im Kopf hatte. Sie rückte ihren Stuhl so um, dass ihr Gesicht nicht so sehr im Licht stand. Aber der Sonnenstrahl breitete sich von Mrs. Falchions Füßen bis zu ihrem Kleid aus.

„Glaubst du nicht?" fragte Ruth langsam.

Der Ton der Antwort war nicht wichtig. Frau Falchion hatte ein Papiermesser in die Hand genommen und bog es zwischen ihren Fingern hin und her.

„Ich denke nicht. Besonders bei einem Mann, der, wie wir sagen würden, von Natur aus abenteuerlustig und forschend ist. Ich denke, wenn ich in einem verrückten Moment beschloss, einen Roman zu schreiben, sollte es von einem solchen Mann sein. Er fliegt." weit und breit; er ernährt sich von Erfahrung zu Erfahrung – großzügige Freuden des Geistes und der Sinne, die er im Laufe der Zeit gesehen hat. Ich hoffe, ich werde nicht zu malerisch – zu viele Frauen, zu viele Männer. Er war unklug – die meisten Männer sind es. Vielleicht hat er einen großen Fehler gemacht, einen gesellschaftlichen Fehler – oder ein Verbrechen Wenn es ein kleiner Mensch ist, ist das Mittel nicht so schwierig. Wenn er groß ist und empfindlich – und gesättigt – ist, sucht er die Abgeschiedenheit Er ist von Reue geplagt. Er ist offen für die überzeugenden Freuden des einfachen und schmucklosen Lebens. Den Schnupftabak der verbrannten Kerze des Genusses nennt er Reue. Er gönnt sich die Freuden der Selbstbeobachtung und wünscht sich, er wäre wieder ein Kind – ja, das ist tatsächlich so, liebe Miss Devlin.

Ruth saß da und betrachtete sie, ihre tiefen Augen leuchteten. Frau Falchion fuhr fort: „Kurz gesagt, er findet die Bandbox, wie Sie sie nennen, für seine Entsagung geeignet. Ihre Einfachheit, die er für Regeneration hält, sind nur neue Empfindungen. Aber – Sie haben oft die Bedeutung eines „Aber" bemerkt „, fügte sie lächelnd hinzu und klopfte sich leicht mit dem Elfenbeinmesser auf die Wange – „aber es kommt die Stunde, in der die Bandbox zum Gefängnis wird, in der die einfachen Stunden langweilig werden.

„Ich sehe an Ihrem Gesicht, dass Sie genau verstehen, was ich meine ... Nun, solche Dinge passieren gelegentlich. Der große Fehler folgt dem Mann und bricht durch ein noch größeres Elend das Elend der Bandschachtel; oder des Mannes selbst, Er hasst seine Gefangenschaft, wird rücksichtslos, tut etwas Verrücktes und hat ein elendes Ende. Oder noch einmal: Jemand, der den Schlüssel zu seinem Fehler in der Hand hat, kommt aus der Welt, die er verlassen hat, und überlegt – überlegt, verstehen Sie! –, ob er es tun soll Lassen Sie ihn seine Knechtschaft ausleben oder gestatten Sie ihm – wenn er nicht völlig blind ist – die Möglichkeit, in seine alte Welt zu fliehen, in die er hineingeboren wurde – weg von der Bandbox und allem darin. Ich hoffe, ich habe Sie nicht ermüdet – ich bin mir sicher, dass ich das getan habe.

Ruth erkannte die volle Bedeutung von Frau Falchions Worten. Sie erkannte, dass ihr Glück, sein Glück – alles – auf dem Spiel stand. Das ganze alte Ich von Frau Falchion kämpfte mit ihrem neuen Ich. Sie hatte beschlossen, sich an das Ergebnis dieses Treffens zu halten. Sie hatte in einem halb fröhlichen Tonfall gesprochen, aber ihre Worte waren nicht alles; die Frau selbst war da und sprach mit jeder Miene und jedem Blick. Ruth hatte mit einem gelegentlichen Farbwechsel zugehört, aber auch mit einem äußerlichen Stolz, zu dem sie plötzlich gewachsen zu sein schien. Aber ihr Herz war krank und elend. Wie könnte es anders sein, als sie die ihr gerade erzählte Geschichte in einer Art Allegorie las, mit all ihrer Warnung, Nacktheit und Rache? Aber sie bemerkte auch gelegentlich eine schmerzhafte Bewegung von Mrs. Falchions Lippen, eine Art Unruhe im Gesicht. Sie bemerkte es zunächst vage, als sie der Musik im Nebenzimmer lauschte; aber schließlich interpretierte sie es richtig und verzweifelte nicht. Sie folgte dann nicht ihrem ersten Impuls, zu zeigen, dass sie die wahre Bedeutung dieser Rede erkannte, und stand auf, sagte: „Sie sind beleidigend" und wünschte ihr einen guten Tag.

Wo lag schließlich der Grund für den Vorwurf der Beleidigung? Die Worte waren unpersönlich gesprochen worden. Also sagte sie nach einem Moment, während sie mit leicht zitternder Hand einen Handschuh auszog: „Und du glaubst ehrlich, dass es so ist: Wer ein so ungewöhnliches Leben geführt hat, wie du es beschreibst, würde sich nie mit einem einfachen zufrieden geben." Leben?"

„Meine Liebe, niemals – nicht so ein Mann, wie ich ihn beschreibe. Ich kenne die Welt."

„Aber stellen Sie sich vor, es wäre nicht ganz so jemand. Nehmen Sie an, jemand, der nicht so – intensiv gewesen wäre; so sehr der gesellschaftliche Gladiator; der auch die Geschäfte des Lebens hatte" – hier wurde das Mädchen blass, denn das war eine Art Gespräch, das ungewohnt war und schmerzlich für sie, aber für ihre Sache zu ertragen – „ebenso wie ‚die Fleischtöpfe Ägyptens‘;" der keine bösen Fehler gemacht hatte – würde er unbedingt so enden, wie Sie sagen?"

„Ich spreche von der Art von Mann, der solche Fehler gemacht hat, und er würde enden, wie ich sage. Nur wenige Männer, wenn überhaupt, würden die Welt verlassen, um – um die Bandbox zu sagen, soll ich noch sagen?, ohne einen Erzfeind zu haben."

„Aber die Nemesis muss nicht, wie Sie selbst sagen, unvermeidlich sein. Die Person, die den Schlüssel zu ihrem Leben in der Hand hält, die Nachahmung ihres Fehlers –"

„Sein VERBRECHENDER Fehler", unterbrach Mrs. Falchion, ihre Hand mit dem Elfenbeinmesser war jetzt bewegungslos in dem Sonnenlichtgürtel über ihren Knien.

„Sein krimineller Fehler", wiederholte Ruth und zuckte zusammen – „könnte er sich nicht in Gnade verwandeln und der Mann wäre in Sicherheit?"

„Sicher? Vielleicht. Aber er würde das Loch trotzdem satt haben … Meine Liebe, du kennst das Leben nicht."

„Aber, Frau Falchion", sagte das Mädchen jetzt sehr mutig, „ich kenne die groben Elemente der Gerechtigkeit. Das ist eine einfache Sache, die hier in den Bergen gelehrt wird. Wir haben schnelle Belohnung und Strafe – keine hasserfüllten Dinge, die Nemesis genannt werden Der gemeinste Schurke hier im Westen rächt sich offen und sofort, aber das ist unsere einfache Art. Hass ist männlich – und auch weiblich –, wenn er offen und mutig ist. Aber wenn es spukt und Schatten spendet, wird es hier nicht verstanden."

Mrs. Falchion saß während dieser Rede da und trommelte mit den Fingern einer Hand müßig auf die Armlehne ihres Stuhls, so müßig, als ob sie an Bord der „Fulvia" zuhörte, wie ich die Geschichte von Anson und seiner Frau erzählte. Äußerlich war ihre Kühle bemerkenswert. Aber sie bewunderte Ruth wirklich und war erstaunt über ihre Geschicklichkeit und ihren Mut. Sie schätzte das geschickte Duell voll und ganz, das die Dinge an der Oberfläche gehalten und keinen von beiden zu etwas Persönlichem verpflichtet hatte. Es war eine Schlacht – die tragische Schlacht in einem Salon.

Als Ruth geendet hatte, sagte sie langsam: „Du sprichst sehr ernst. Du tust deinen Bergen gerecht; Manche wollen ihrem Schicksal und seinem

Schlimmsten begegnen, andere wollen es vergessen. Letztere sind immer in größter Gefahr.

Ruth stand auf.

Sie trat leicht vor, so dass auch ihre Füße im Sonnenlicht waren. Der andere sah das; es schien sie zu interessieren. Ruth sah – wie ein solches Mädchen aussehen kann – mit unglaublicher Aufrichtigkeit in Frau Falchions Augen und sagte: „Oh, wenn ich einen solchen Mann kennen würde, würde es mir leid tun – leid für ihn; und wenn ich auch wüsste, dass es nur seiner war ein Fehler und kein Verbrechen, oder wenn das Verbrechen selbst bereut und gesühnt worden wäre, würde ich jemanden – jemanden, der besser ist als ich – anflehen, für ihn zu beten, und ich würde zu der Person gehen, die sein Leben hatte und Karriere zur Verfügung, und würde zu ihr sagen, wenn es eine Frau wäre, oh, denk daran, dass nicht er allein leiden würde, ich würde diese Frau – wenn es eine Frau wäre – bitten, barmherzig zu sein, wie sie eines Tages! muss um Gnade bitten.

Das Mädchen, das dort stand, ganz blass, aber doch im weißen Licht ihres Schmerzes glühend, war wunderschön, edel, bezaubernd. Nun erhob sich auch Frau Falchion. Sie war jetzt ganz im Sonnenlicht. Vom Klavier im Nebenzimmer erklang ein rascher Wechsel der Begleitung, und man hörte eine Stimme, die „Il balen del suo sorris" sang, als sänge sie zu sich selbst. Es ist schwer zu sagen, wie sehr sich solche kleinen Vorfälle auf ihre Aktivitäten an diesem Nachmittag ausgewirkt haben. aber sie hatten ihren Einfluss. Sie sagte: „Sie sind altruistisch – oder sind Sie egoistisch oder beides? ... Und sollte die Frau – wenn es eine Frau wäre – nachgeben und den Mann verschonen, was würden Sie tun?"

„Ich würde sagen, dass sie barmherzig und freundlich war und dass jemand auf dieser Welt für sie betete, wenn sie Gebete am meisten brauchte."

„Sie meinen, als sie alt war" – Mrs. Falchion zuckte ein wenig zusammen, als sie ihre eigenen Worte hörte. Jetzt war ihre leichtsinnige Hingabe verschwunden; sie schien ihren Gefühlen zu folgen. „Als sie alt war", fuhr sie fort, „und starb? Es ist schrecklich, alt zu werden, es sei denn, man war eine Heilige – und eine Mutter ... Und selbst dann – haben Sie sie jemals gesehen, die Frauen von ..." das Ägypten, von dem wir gesprochen haben – gepudert und grinsend über ihrem Champagner, weil sie für einen Moment einen falschen Puls ihrer Vergangenheit spüren? – Sehen Sie, wie beredt mich Ihre Berge machen! – Ich denke, das würde einen hart und grausam machen, und das würde man auch tun brauche die Gebete einer Kirche voller guter Frauen, sogar so guter – wie du."

Sie konnte sich einen Anflug von Ironie in den letzten Worten nicht verkneifen, und Ruth, die bereit gewesen war, impulsiv ihre Hand zu ergreifen, war verletzt. Aber sie antwortete nichts; und der andere fügte, nachdem er gewartet hatte, mit einer plötzlichen und wunderbaren Freundlichkeit hinzu: „Ich sage, was völlig wahr ist. Frauen mögen dich vielleicht nicht mögen – viele von ihnen würden es tun – obwohl du nicht verstehen konntest, warum; aber du bist gut, und das, ich." „Ja, du bist gut", sagte sie nachdenklich, beugte sich dann vor und küsste das Mädchen schnell auf die Wange. „Auf Wiedersehen", sagte sie und wandte dann entschlossen den Kopf ab.

Sie standen beide im Sonnenlicht, beide ganz still, aber ihre Herzen pochten vor neuen Empfindungen. Ruth wusste, dass sie gesiegt hatte, und mit Tränen in den Augen blickte sie fest und sehnsüchtig auf die Frau vor ihr. aber sie wusste, dass es besser war, jetzt wenig zu sagen, und mit einer Handbewegung zum Abschied – sie konnte nichts mehr tun – ging sie langsam zur Tür. Dort hielt sie inne und schaute zurück, aber die andere wurde immer noch abgewiesen.

Eine Minute lang stand Frau Falchion da und blickte auf die Tür, durch die das Mädchen gegangen war, dann zog sie die Vorhänge des Fensters zu und warf sich mit einem schluchzenden Lachen auf das Sofa.

„Für sie – ich habe das Spiel der Gnade mit ihr gespielt!" Sie weinte. „Und sie hat seine Liebe, die Liebe, die ich einst abgelehnt habe und die ich jetzt will – zu meiner Schande! Eine hasserfüllte und schreckliche Liebe. Ich, der ich zu ihm sagen sollte, wie ich so lange beschlossen habe: ,Du wirst zerstört werden.' . Du hast meine Schwester getötet, der arme Alo; wenn nicht selbst, hättest du ihr Herz getötet, und das ist genau das Gleiche.' Ich wusste bisher nie, was ein Herz ist, wenn man es tötet."

Sie ergriff ihre Brust, als ob es ihr wehtat, und fuhr nach einem Moment fort: „Tuten Herzen immer so weh, wenn sie lieben? Ich war die Frau eines guten Mannes, oh! Er WAR ein guter Mann, der für mich gesündigt hat. I Sehen Sie es jetzt! – und ich ließ ihn sterben – allein sterben!" Sie schauderte. „Oh, jetzt sehe ich und weiß, was Liebe wie die seine sein kann! Ich werde bestraft – bestraft! Denn meine Liebe ist unmöglich, schrecklich."

Es entstand eine lange Stille, in der sie mit schmerzgrauem Gesicht zu Boden blickte. Endlich öffnete sich leise die Zimmertür und Justine trat ein.

„Darf ich reinkommen, Madame?" Sie sagte.

„Ja, komm, Justine." Die Stimme war gedämpft, und darin lag etwas, was das Mädchen schnell an die Seite von Frau Falchion zog. Sie sprach kein Wort, sondern löste sanft das Haar des anderen, glättete und bürstete es sanft.

Schließlich sagte Frau Falchion: „Justine, am Montag werden wir hier abreisen."

Das Mädchen war überrascht, aber sie antwortete kommentarlos: „Ja, Madame; wohin gehen wir?“

Es entstand eine Pause; dann: „Ich weiß es nicht. Ich möchte dorthin gehen, wo ich mich ausruhen kann. In ein Dorf in Italien oder …“ Sie hielt inne.

„Oder Frankreich, Madame?“ Justine war gespannt.

Frau Falchion machte eine Geste der Hilflosigkeit. „Ja, Frankreich wird es tun. . . Der Weg um die Welt ist lang und ich bin müde.“ Minuten vergingen, und dann sagte sie langsam: „Justine, wir gehen morgen Abend.“

„Ja, Madame, morgen Abend – und nicht nächsten Montag.“

In den nächsten Worten von Frau Falchion lag eine seltsame, nur halb verhüllte Melancholie: „Glaubst du, Justine, dass ich irgendwo glücklich sein könnte?“

„Ich glaube, irgendwo anders als hier, Madame.“

Frau Falchion erhob sich in eine Sitzhaltung und blickte das Mädchen starr, fast grimmig an. Eine Krise stand bevor. Das Mitleid, die Sanftmut und die ehrliche Besorgnis in Justines Gesicht eroberten sie, und ihr Ausdruck veränderte sich zu einem Ausdruck des Verständnisses und der Sehnsucht nach Kameradschaft: Trauer schweißte ihre Freundschaft schnell zusammen.

Bevor Frau Falchion in dieser Nacht schlief, sagte sie noch einmal: „Wir werden morgen von hier weggehen, Justine, für immer.“

Und Justine antwortete: „Ja, Madame, für immer.“

# KAPITEL XIX

## DER SATZ

Am nächsten Morgen war Roscoe still und gelassen, aber er sah zehn Jahre älter aus als bei meiner ersten Begegnung. Nach dem Frühstück sagte er zu mir: „Ich muss ins Tal, um Phil Boldricks Freund das Geld zu bezahlen und um Mr. Devlin zu sehen. Ich werde vielleicht zur Mittagszeit zurück sein. Willst du mit mir gehen oder hier bleiben?" "

„Ich denke, ich werde heute Morgen versuchen, etwas zu angeln", sagte ich. „Und möglicherweise werde ich viel untätig bleiben, denn die Zeit, die ich hier mit Ihnen verbringen werde, wird kürzer, und ich möchte einen großen Vorrat an Faulheit als Erinnerung hinter mir haben, wenn ich mit der Nase an den Schleifstein greife."

Er drehte sich zur Tür und sagte: „Marmion, ich wünschte, du würdest nicht gehen. Ich wünschte, wir könnten Kameraden unter einem Dach sein, bis – " Er hielt inne und lächelte seltsam.

„Bis zum Ende", fügte ich hinzu, „wenn wir ergraut und ohne alles aus der verrückten alten Welt herausschlendern sollten? Ich kann mir vorstellen, dass Miss Belle Treherne das kaum erwarten würde ... Trotzdem können wir trotzdem Freunde sein." . Unsere Frauen haben doch nichts dagegen, wenn sie gelegentlich zusammen herumlungern, oder?"

Ich war entschlossen, ihn nicht zu ernst zu nehmen. Er sagte nichts und im nächsten Moment war er weg.

Ich verbrachte den Morgen recht müßig, dachte aber auch sehr an meinen Freund. Ich hoffte sehnsüchtig, dass das Telegramm aus Winnipeg kommen würde. Gegen Mittag kam es. Es war nicht genau bekannt, in welchem Teil des Nordwestens Madras (unter seinem neuen Namen) lag, da das Korps der berittenen Polizei vor kurzem geändert worden war. Mein Brief war jedoch in die Wildnis weitergeleitet worden.

Ich sah keine andere Möglichkeit, als zu Frau Falchion zu gehen und mutig um seinen Frieden zu bitten. Ich hatte Madras versprochen, sie niemals wissen zu lassen, dass er am Leben war, aber ich würde das Versprechen brechen, wenn Madras selbst nicht käme. Nach längerem Zögern begann ich. Es muss daran erinnert werden, dass mir die Ereignisse des vorangegangenen Kapitels erst im Nachhinein bekannt wurden.

Justine Caron ging gerade durch die Halle des Hotels, als ich ankam. Nach der Begrüßung sagte sie, dass Frau Falchion mich vielleicht sehen würde, aber dass sie sehr beschäftigt seien; Sie wollten am Abend zur Küste aufbrechen. Das war eine erfreuliche Offenbarung! Ich war so verwirrt vor Freude über die Informationen, dass mir nichts Vernünftigeres einfiel, als dass das Unerwartete immer passiert. Zu diesem Zeitpunkt befanden wir uns im Wohnzimmer von Frau Falchion. Und auf meine Bemerkung antwortete Justine: „Ja, so ist es. Man muss am meisten mit den Zufällen des Lebens rechnen. Das Erwartete ist entweder angenehm oder unangenehm; es gibt keinen Mittelweg."

„Du wirst philosophisch", sagte ich spielerisch. „Monsieur", sagte sie ernst, „ich hoffe, während ich lebe und reise, werde ich ein wenig weiser." Sie blieb noch immer stehen, die Hand auf der Tür.

„Ich hatte gedacht, dass du immer weise wärst."

„Oh nein, nein! Wie kannst du das sagen? Ich war manchmal sehr dumm." . . . Sie kam auf mich zu. „Wenn ich weiser bin, bin ich auch glücklicher", fügte sie hinzu.

In diesem Moment verstanden wir uns; Das heißt, ich habe gelesen, wie selbstlos dieses Mädchen sein konnte, und sie kannte die Ursache meiner Angst genau und war froh, dass sie sie beseitigen konnte.

„Ich würde mit niemandem außer dir sprechen", sagte sie, „aber denkst du nicht auch, dass es gut ist, dass wir gehen?"

„Das habe ich schon gedacht, aber ich habe gezögert, es zu sagen", war meine Antwort.

„Sie brauchen nicht zu zögern", sagte sie ernst. „Wir haben es beide verstanden und ich weiß, dass man Ihnen vertrauen kann."

„Nicht immer", sagte ich und erinnerte mich an mein einziges Erlebnis mit Mrs. Falchion auf der „Fulvia". Sie hielt sich an der Rückenlehne eines Stuhls fest und blickte mich ernst an. Sie fuhr fort: „Einmal auf dem Schiff habe ich, wie Sie sich erinnern, mit einer ganz kleinen Andeutung den Anschein erweckt, dass Madame egoistisch sei … Es tut mir leid. Sie." Das Herz schlief. Jetzt ist sie selbstlos. Sie geht, um den Frieden zurückzulassen. „Ich freue mich sehr", sagte ich. „Und Sie glauben, dass es Frieden geben wird?"

„Sicherlich, da dies gekommen ist, wird auch das kommen."

„Und Sie – Mademoiselle?" Ich hätte diese Frage nicht stellen sollen, wenn ich mehr von der Welt gewusst hätte. Es war taktlos und unfreundlich.

„Für mich ist es überhaupt egal. Ich komme nirgendwo rein. Wie gesagt, ich bin glücklich."

Und sie drehte sich schnell um, aber nicht so schnell, dass ich sah, dass ihre Wangen gerötet waren, und verließ das Zimmer. Einen Augenblick später trat Frau Falchion ein. In ihrer Kutsche, in ihrer Person war etwas Neues. Sie kam auf mich zu, streckte mir die Hand entgegen und sagte mit demselben alten, halb fragenden Ton: „Haben Sie mit Ihrem untrüglichen Instinkt geahnt, dass ich gehen würde, und sind deshalb gekommen, um mich zu verabschieden?"

„Sie schätzen mich zu sehr. Nein, ich bin zu Ihnen gekommen, weil ich eine Neigung dazu hatte. Ich habe nicht geahnt, dass Sie gehen würden, bis Miss Caron es mir gesagt hat."

„Der Drang, mich zu sehen, ist nicht Ihr üblicher Instinkt, oder? War es ein besonderer Impuls, der auf einer wissenschaftlichen Berechnung beruhte – die Sie, wie ich annehme, als neugierigen Anhänger ansah? Oder hatte er einen Zweck? Oder war Ihnen langweilig? und suchten daher nach der überraschendsten Erfahrung, die Sie sich vorstellen können?" Geschickt arrangierte sie einige Blumen in einem Glas.

„Ich kann mich direkt auf Unschuld berufen; indirekt bin ich in allem schuldig: Ich wurde dazu gedrängt zu kommen. Ich überlegte – wenn das wissenschaftlich ist –, was ich sagen sollte, wenn ich käme, da ich wusste, wie geneigt ich war –"

„Um über meine Tiefe hinauszugehen", unterbrach sie mich und bedeutete mir, mich auf einen Stuhl zu setzen.

„Nun, lass es so sein", sagte ich. „Ich war neugierig zu wissen, was dich an diesem Wald festgehalten hat, und ich fürchte, für dich ist es ein halbbarbarischer Ort. Ich war gelangweilt von mir selbst, und ich hatte eine Absicht, hierher zu kommen." , sonst hätte ich nicht den Impuls gehabt.

Sie lehnte sich locker und nicht träge in ihrem Stuhl zurück. Sie schien gelassen und doch wachsam zu sein.

„Wie wunderbar redest du!" sagte sie mit gutmütigem Spott. „Sie sind wissenschaftlich ehrlich. Sie waren von sich selbst gelangweilt. – Dann gibt es Hoffnung für Ihre zukünftige Frau … Wir haben in unserer Bekanntschaft viele Gespräche geführt, Dr. Marmion, aber keines war so interessant, wie es zu werden verspricht. Aber Sagen Sie mir jetzt, was Ihre Absicht war, mit Ihnen zu kommen. „Zweck" scheint bedeutungsvoll, aber durchaus im Einklang."

Hier bemerkte ich das vertraute, fast unmerkliche Klicken der kleinen weißen Zähne.

War ich so froh, dass sie ging, dass ich verspielt und begeistert war? „Meine Absicht", sagte ich, „hat jetzt keinen Sinn mehr; denn selbst wenn ich vorschlagen würde, Sie zu unterhalten – ich glaube, das war die alte Formel –, durch einen müßigen Tag irgendwo, durch einen Ausflug, ein –"

„Eine Autobiografie“, warf sie beruhigend ein.

„Oder eine Autobiografie“, wiederholte ich gelassen, „Sie wären wohl nicht bereit, meine Dienste anzunehmen. Es gäbe keine Chance – jetzt, wo Sie weggehen – für mich, den Harlekin zu spielen –“

„Deren Amt Sie gerne ausüben könnten, wenn es Ihnen passte – diese anpassungsfähigen Naturen!“

„Ganz recht. Aber jetzt ist alles sinnlos, wie ich schon sagte.“

„Ja, das hast du schon einmal erwähnt. – Na?“

„Es ist gut“, antwortete ich und fiel in einen bedeutungsvolleren Tonfall.

„Sie sagen es patriarchalisch, aber dennoch schmeichelhaft.“ Hier bot sie mir beiläufig eine Blume an. Ich habe es mechanisch in mein Knopfloch gesteckt. Sie schien erfreut darüber zu sein, mich zu verwirren. Aber ich blieb standhaft.

„Ich glaube nicht“, erwiderte ich jetzt ernst, „dass es irgendeine Schmeichelei zwischen uns geben muss.“

„Warum? – Wir sind nicht verheiratet.“

„Das ist ebenso radikal wahr wie epigrammatisch“, platzte es aus mir heraus.

„Und Wahrheit ist mehr als ein Epigramm?“

„Man sollte Freude an der Wahrheit haben; ich habe Freude an Epigrammen; hier scheint es kaum eine Chance zur Wahl zu geben.“

Es schien mir, als hätte ich dort genau das gesagt, was ich wollte, aber sie sah mich nur rätselhaft an.

Sie arrangierte eine Blume in ihrem Kleid, als sie fast beiläufig antwortete, obwohl sie mir nicht wie zuvor direkt ins Gesicht blickte: „Nun, dann möchte ich zu Ihrer jetzigen Freude beitragen, indem ich sage, dass Sie bis zum Weltuntergang spielen gehen dürfen.“ , Dr. Marmion. Ihre Arbeit ist erledigt.“

"Ich verstehe nicht."

Ihr Blick war jetzt mit der Direktheit auf mich gerichtet, die sie bei Bedarf so gut gebrauchen konnte.

„Das hätte ich nicht erwartet, trotz der vielen Lektionen, die ich von Ihnen erhalten habe. Sie waren altruistisch, Dr Sie können jetzt Ihr Portfolio aufgeben – glauben Sie mir, was Sie betrifft Der Feind zieht sich zurück – ohne Bedingungen. Reicht das auch für Sie?

„Frau Falchion", sagte ich und konnte nicht verstehen, warum sie so plötzlich beschlossen hatte, wegzugehen (denn die ganze Wahrheit erfuhr ich erst später – einiges davon erst lange später), „das ist mehr, als ich zu wagen gewagt habe." Ich weiß, ich hoffe auf weniger, als du traust, wenn du es willst. Ich weiß, dass du eine gewisse Macht über meinen Freund hast.

„Glauben Sie nicht", sagte sie, „dass Sie auch nur den geringsten Einfluss gehabt haben. Was Sie vielleicht denken oder beabsichtigen zu tun haben, hat mich nicht im Geringsten berührt. Ich habe Unrecht erlebt, von dem Sie nichts wissen. Das habe ich." verändert – das ist alles. Ich gebe zu, dass ich Galt Roscoe Schaden zufügen wollte.

„Ich dachte, er hätte es verdient. Das ist vorbei. Nach dieser Nacht ist es unwahrscheinlich, dass wir uns wiedersehen.

Sie sah mich immer wieder mit diesem neuen tiefen Blick an, den ich gesehen hatte, als sie das Zimmer zum ersten Mal betrat.

Ich war gerührt und sah, dass sie zuletzt unter erheblicher Anstrengung gesprochen hatte. „Frau Falchion", sagte ich, „ich habe härtere Dinge über Sie gedacht, als ich jemals zu irgendjemandem gesagt habe. Bitte glauben Sie das, und glauben Sie auch, dass ich nie versucht habe, Sie zu verletzen. Im Übrigen kann ich nein sagen." Ich mag dich nicht, aber ich werde dich wohl auch immer mögen , trotz mir selbst. Du bist eine der begabtesten und faszinierendsten Frauen, die ich je getroffen habe. Ich war darauf bedacht, Frieden zwischen dir und deinem Mann zu schließen.

„Der Mann, der mein Ehemann WAR", unterbrach sie nachdenklich.

„Ihr Mann – den Sie so grausam behandelt haben. Aber ich gestehe, es ist mir unmöglich, die Bewunderung für Sie zurückzuhalten."

Sie antwortete lange nicht, ließ aber nie den Blick von meinem Gesicht ab, während sie sich leicht nach vorne beugte. Dann sprach sie endlich sanfter, als ich sie jemals gehört hatte, und ein Leuchten erschien auf ihrem Gesicht.

„Ich bin nur ein Mensch. Du hast mich im Vorteil. Welche Frau könnte auf eine solche Rede unfreundlich reagieren? Ich gebe zu, ich dachte, du hättest mich für völlig schlecht und herzlos gehalten, und das hat mich verbittert … Ich hatte kein Herz – einmal . Ich hatte nur eine Verletzung, die nicht meine war, sondern die eines anderen. Dann habe ich endlich nachgegeben das ist alles. Ich wollte meinen Verkehr bis zum Ende aufrechterhalten. Hier lächelte sie etwas schmerzhaft. . . . „Glauben Sie mir, das ist der Weg, die Waffe einer Frau gegen sich selbst zu richten. Sie haben viel gelernt, seit wir uns das erste Mal begegnet sind Ich treffe mich nicht noch einmal formeller, bevor ich gehe.

„Ich wünschte, Ihr Mann, Boyd Madras, wäre hier", sagte ich.

Sie antwortete nichts, ärgerte sich aber nicht darüber, schauderte nur ein wenig.

Unsere Hände griffen lautlos. Ich war zu erstickt, um zu sprechen, und verließ sie. In diesem Moment machte sie mich blind für all ihre Fehler. Sie war eine wundervolle Frau.

. . . . . . . . . . . . . . . . . .

Galt Roscoe war langsam die Forststraße in Richtung Tal gegangen, sein Geist befand sich in jenem Zustand der Ruhe, den manche als Taubheit der Empfindungen bezeichnen könnten, andere als Standhaftigkeit – das Vorrecht der Verzweiflung. Er erreichte die Landspitze, die über das Tal hinausragte, wo er am Morgen von Phil Boldricks Tod mit Mrs. Falchion, Justine und mir gestanden hatte.

Er suchte lange und machte sich dann, langsam den Hang hinunter, auf den Weg zu Mr. Devlins Büro. Dort erwartete ihn Phils Kumpel. Nach einigen Vorbereitungen wurde das Geld ausgezahlt und Kilby sagte:

„Ich habe seinen Campingplatz besichtigt. Es ist völlig in Ordnung. Viking hat es edel gemacht ... Nun, hier ist, was ich tun werde: Ich werde Flaschen öffnen, soweit das geht." Trinken Sie Erfolg für Viking. Ich stehe Ihnen zur Seite – aber nicht mit seinem Geld, Padre. Setzen Sie sich hin und schreiben Sie eine Quittung, oder wie auch immer es laut Hoyle heißt, und Sie werden mich stolz machen.

Roscoe tat, was er verlangte, und übergab das Geld Herrn Devlin zur sicheren Aufbewahrung, wobei er gleichzeitig bemerkte, dass die Angelegenheit sofort in einem Aushang außerhalb des Büros bekannt gegeben werden sollte.

Als Kilby dastand, auf einer Zigarre kaute und dem kurzen Gespräch zwischen Roscoe und Mr. Devlin zuhörte, zeichnete sich Verwirrung auf seinem Gesicht ab. Als Roscoe sich umdrehte, sagte er: „Ihre Stimme hat etwas Eingängiges, Padre. Ich weiß nicht was, aber sie kommt mir bekannt vor. Sie waren natürlich nie auf Panama-Niveau?"

"Niemals."

„Noch in Australien?"

„Ja, im Jahr 1876."

„Ich war damals nicht da."

Roscoe wurde etwas blasser, aber er war fest und gelassen. Er war entschlossen, jede Frage, die ihm gestellt wurde, wahrheitsgemäß zu beantworten, wohin auch immer sie führen mochte.

„Noch in Samoa?“

Es gab eine kleine Pause, und dann kam die Antwort:

„Ja, in Samoa.“

„Kein Missionar, meine Güte! Kein Mickonaree in Samoa?“

"NEIN." Er sagte nichts weiter. Er fühlte sich nicht verpflichtet, sich selbst zu belasten.

„Nein? Nun, Sie waren weder Strandräuber noch Händler, das schwöre ich. Waren Sie in der zweiten Hälfte der Siebzigerjahre dort? Damals war ich dort.“

"Ja." Die Antwort war ruhig.

„Bei Jingo!“ Das Gesicht des Mannes war verwirrt. Er wollte gerade noch einmal sprechen; aber in diesem Moment drängten ihn zwei Flusslenker – Segensgefährten, die sich an der Tür herumgetrieben hatten, in die Taverne zu kommen. Das lenkte ihn ab. Er lachte und sagte, dass er kommen würde, und dann fragte er Roscoe erneut, wenn auch mit weniger Beharrlichkeit. . „Du erinnerst dich nicht an mich, nehme ich an?“

„Nein, ich habe dich meines Wissens bis gestern nie gesehen.“

„Nein? Trotzdem habe ich deine Stimme gehört. Sie schwingt immer wieder in meinen Ohren; und ich kann mich nicht erinnern. . . . Ich kann mich nicht erinnern! . . . Aber wir werden es noch einmal versuchen, Pater." Er wandte sich an die ungeduldigen Männer. „Alles klar, Bully-Jungs, ich komme.“

An der Tür drehte er sich um und sah Roscoe erneut mit einem scharfen, halb amüsierten prüfenden Blick an, dann trennten sich die beiden. Kilby hat sein Wort gehalten. Er war gegenüber Viking liberal; und Phils Erinnerung war an diesem Tag viele Male betrunken, nicht in Stille. Als er am Nachmittag beschloss, seine Verlobung mit Frau Falchion aufrechtzuerhalten und das Tal in Richtung Berge verließ, war er nicht ganz nüchtern. Aber er war offenbar gutmütig. Während er müßte, redete er mit sich selbst und begann schließlich zu singen:

„'Dann schwinge das lange Boot den Drink hinab,
damit die Jungs als Pfeife mitgehen können; aber ich gehe unter, wenn die
‚Lovely Jane‘ untergeht, zu den Meerjungfrauen unten.‘

„‚Das lange Boot verharrt auf seinen Fäden‘, sagen wir,
‚und‘ wir verharren dort, wo das lange Boot verharrt; und ‚wir werden
dieses äquatoriale Meer überwältigen oder seine Hurrikanfluten
verschlucken.‘

„Aber die ‚Lovely Jane‘ ging nicht unter,
sondern ankerte bei den Spicy Isles und segelte wieder nach Wellington
Town – eine Sache von tausend Meilen.“

Man wird sich daran erinnern, dass dies Teil des Liedes war, das Galt Roscoe
am Whi-Whi-Fluss sang, an dem Tag, an dem wir Mrs. Falchion und Justine
Caron retteten. Kilby sang das ganze Lied vor sich hin, bis er einen Punkt
mit Blick auf das Tal erreichte. Dann blieb er eine Zeit lang schweigend
stehen und blickte auf die Stadt. Der Spaziergang hatte ihn ein wenig
ernüchtert. „Phil, alter Kumpel“, sagte er schließlich, „du hast jetzt nicht den
Geschmack von rohem Whisky. Wenn ein Mann einen Kumpel verliert,
verliert er die Kontrolle über die Welt in einem Ausmaß, wie es die Kontrolle
dieses Kumpels wert war... Ich bin betrunken und Phil ist da unten zwischen
den Würmern! „Fügte er angewidert hinzu, fuhr sich mit der Hand über die
Augen und machte sich wieder auf den Weg in den Wald, um sich auf den
Weg zum Sommerhotel zu machen, wo er versprochen hatte, Frau Falchion
zu treffen. Er erkundigte sich nach ihr und sorgte durch sein unhöfliches
Aussehen und sein unsicheres Verhalten für einiges Erstaunen.

Von Justine erfuhr er, dass Mrs. Falchion Roscoe besucht hatte und dass er
sie wahrscheinlich treffen würde, wenn er dorthin gehen würde. Das hat er
getan. Er wollte gerade in einen teilweise offenen Raum an einer Schlucht in
der Nähe des Hauses gelangen, als er Stimmen hörte und sein eigener Name
fiel. Er blieb stehen und lauschte.

„Ja, Galt Roscoe“, sagte eine Stimme, „Sam Kilby ist der Mann, der Alo liebte
– liebte sie nicht so wie du. Er hätte ihr ein Zuhause gegeben und sie vielleicht
glücklich gemacht. Du, als Kilby weg war, heiratete sie – auf einheimische
Weise – was keine Ehe ist – und tötete sie.“

„Nein, nein, ich habe sie nicht getötet – das ist nicht so. Da Gott mein
Richter ist, ist das nicht so.“

„Sie haben sie nicht mit dem Messer getötet?

„Mercy Falchion“, sagte er verzweifelt, „ich werde nicht versuchen, meine
Sünde zu besänftigen. Aber trotzdem muss ich mich mit dir in Ordnung
bringen, soweit ich kann. Noch in der Nacht, in der Alo sich umbrachte,
hatte ich beschlossen, das zu verlassen Ich wollte meine Papiere einreichen
und nach Apia zurückkehren und sie heiraten, während ich bei der Marine
blieb. Es wäre unmöglich, einen englischen Offizier zu heiraten . Ich hatte
vor, zurückzukommen und regelmäßig mit ihr verheiratet zu sein.

„Das sagst du jetzt“, war die kalte Antwort.

„Aber es ist die Wahrheit, in der Tat die Wahrheit. Nichts, was du sagen
könntest, könnte mich dazu bringen, mich selbst mehr zu verachten, als ich

es tue; aber ich habe dir alles gesagt, wie ich es eines Tages vor einem gerechten Gott sagen muss. Du hast verschont Ich: Das wird er nicht.

„Gait Roscoe", antwortete sie, „ich bin weder barmherzig noch gerecht. Ich hatte vor, dich zu verletzen, obwohl du dich erinnern wirst, dass ich dir in dieser Nacht das Leben gerettet habe, indem ich dir ein Boot für die Flucht über die Bucht zur ‚Porcupine' gegeben habe." Sie erinnern sich auch, dass die Band an Bord auf die Eingeborenen geschossen hat, die ihnen folgten Das Problem war, dass niemand in Apia genau wusste, wen Kilby und die Eingeborenen von Alos Hütte aus aufgespürt hatten.

Benommen fuhr er sich mit der Hand über die Stirn.

„Oh ja, ich erinnere mich!" er sagte. „Ich wünschte, ich hätte mich der Sache sofort gestellt. Es wäre besser gewesen."

„Das bezweifle ich", antwortete sie. „Die Eingeborenen, die dich aus Alos Hütte kommen sahen, kannten dich nicht. Du bist klugerweise direkt zum Büro des Konsuls gekommen – dem Haus meines Vaters. Und ich habe dir geholfen, obwohl Alo, eine Mischlings-Alo, – meine Schwester war!"

Roscoe machte sich auf den Weg zurück. „Alo – deine – Schwester!" rief er entsetzt aus.

„Ja, obwohl ich es erst später wusste, nicht bis kurz bevor mein Vater starb. Alos Vater war mein Vater; und ihre Mutter war von einem Missionar ehrlich mit meinem Vater verheiratet worden; obwohl es mir zuliebe nie bekannt gegeben worden war . Du erinnerst dich auch daran, dass du deine Beziehungen zu Alo heimlich weitergeführt hast und mein Vater nie vermutet hätte, dass du es warst."

"Deine Schwester!" Roscoe war weiß und krank.

„Ja. Und jetzt verstehst du den Grund, warum ich dir Böses wünsche und dich bis zum Ende hasse."

„Ja", sagte er verzweifelt, „ich verstehe."

Sie war entschlossen, die äußere Kälte ihres Wesens bis zuletzt vor ihm zu bewahren.

„Lasst uns gemeinsam rechnen", sagte sie. „Ich habe geholfen – tatsächlich habe ich Ihr Leben in Apia gerettet. Sie haben mir geholfen, mein Leben auf der Teufelsrutsche zu retten Ich habe dich geliebt. Der Tod meiner Schwester ist es wert, dass du darüber nachdenkst Ich bezweifle, dass er Sie jemals gesehen hat, obwohl er Ihnen in dieser Nacht mit den Eingeborenen gefolgt ist Erzähle ihm alles und wälze die Pflicht ab, die er erfüllen würde. Aber er wird nicht wissen, warum ich meine Meinung geändert habe Es bleibt eine lange Zeit, bis du damit rechnen kannst, denn wenn ich es verhindern kann, werden wir uns nie wiedersehen. Tschüss."

Ohne eine Geste des Abschieds drehte sie sich um und ließ ihn stehen, in Kummer und Bitterkeit, aber auch in Dankbarkeit, mehr für Ruth als für sich selbst. Mit einer verzweifelten Bewegung hob er die Arme und ließ sie dann schwer auf seine Seite sinken. . . .

Und dann packten ihn zwei starke Hände an der Kehle, ein Körper drückte sich hart gegen ihn und er wurde rückwärts – rückwärts – zur Klippe getragen!

# KAPITEL XX

## NACH DEM STURM

Ich saß auf der Veranda und schrieb einen Brief an Belle Treherne. Die tiefe Ruhe eines Abends in den Bergen lag auf mir. Die Luft war klar und erfüllt vom Duft der Kiefern und Zedern, und das Grollen der Stromschnellen hallte musikalisch durch die Kanone. Ich hob meinen Kopf und sah einen Adler zum schneebedeckten Gipfel des Trinity segeln, dann drehte ich mich um, um die Pirols in den Bäumen zu beobachten. Die Stunde war herrlich. Es ließ mich spüren, wie ernst das bloße Leben ist, wie edel selbst die gemeinsten von uns manchmal werden – in diesen großen Momenten, in denen wir glauben, die Welt sei für uns geschaffen. Es ist halb Egoismus, halb Göttlichkeit; aber warum sollte man damit streiten?

Ich war jung, ehrgeizig; und Love und ich waren in diesem Moment die einzigen Figuren im Universum, die wirklich Aufmerksamkeit verdienten! Ich schaute eine Zedernallee vor mir entlang und sah in meiner Vorstellung eine lange Prozession angenehmer Dinge; von – Während ich hinschaute, bewegte sich eine weitere Prozession durch die Geschöpfe meiner Träume, so dass sie schüchtern, dann ganz zurückwichen, und diese neue Prozession kam immer weiter, bis – ich plötzlich aufstand und ängstlich vorwärts ging, um zu sehen – unglücklich Realität! – der Körper von Galt Roscoe wurde zu mir getragen.

Dann schien ein kalter Wind vom Gletscher oben zu wehen und tötete den ganzen Sommer. Ein Mann flüsterte mir zu: „Wir haben ihn dort unten in der Schlucht gefunden. Er war wohl umgefallen."

Ich fühlte sein Herz. „Er ist nicht tot, Gott sei Dank!" Ich sagte.

„Nein, Sir", sagte der andere, „aber er ist völlig am Boden zerstört." Sie brachten ihn herein und legten ihn auf sein Bett. Ich schickte einen aus der Gruppe zum Arzt nach Viking und machte mich mit den Hilfsmitteln, die ich hatte, an die Arbeit, um die schrecklichen Verletzungen zu behandeln. Als der Arzt kam, machten wir ihn gemeinsam wieder zu einem Mann. Sein Gesicht war nur leicht verletzt, obwohl sein Kopf schwere Verletzungen erlitten hatte. Ich glaube, ich allein habe die Male an seinem Hals gesehen; und ich habe sie versteckt. Ich vermutete die Ursache, schwieg aber.

Ich hatte sofort zu James Devlin geschickt (ihn aber gebeten, erst am Morgen zu kommen) und auch zu Frau Falchion; aber ich flehte sie an, überhaupt nicht zu kommen. Das hätte ich ihr vielleicht ersparen können; denn wie ich später erfuhr, hatte sie nicht die Absicht zu kommen. Sie hatte auf dem Weg nach Viking von dem Unfall erfahren und war umgedreht; aber nur um abzuwarten und das Schlimmste oder das Beste zu erfahren.

Gegen Mitternacht blieb ich mit Roscoe allein. Einmal, früher am Abend, hatte er mich erkannt und leicht gelächelt, aber ich hatte den Kopf geschüttelt und er hatte nichts gesagt. Jetzt jedoch sah er mich ernst an. Ich habe nicht gesprochen. Was er mir zu sagen hatte, ließ er sich am besten in seinem eigenen Tempo erzählen.

Schließlich sagte er schwach: „Marmion, soll ich bald sterben?"

Ich wusste, dass Offenheit das Beste ist, und antwortete: „Das kann ich nicht sagen,                                          Roscoe.
Es besteht eine Chance für deinen Lebensunterhalt."

Er bewegte traurig seinen Kopf. „Eine sehr geringe Chance?"

„Ja, ein schwacher, aber –"

"Ja aber'?" Er sah mich an, als würde er sich wünschen, dass es vorbei sei.

„Aber es liegt an Ihnen, ob die Chance etwas wert ist. Wenn Sie sich mit dem Sterben zufrieden geben, ist sie vertan."

„Ich bin zufrieden mit dem Sterben", antwortete er.

„Und da", sagte ich, „irren Sie sich und sind egoistisch. Sie haben Ruth, für die es sich zu leben lohnt. Außerdem begehen Sie Selbstmord, wenn Sie die Chance dazu bekommen, wenn Sie sie nicht nutzen."

Es entstand eine lange Pause, und dann sagte er: „Du hast recht; ich werde leben,                                                                    wenn
ich kann, Marmion."

„Und jetzt hast DU recht." Ich nickte ihm beruhigend zu und bat ihn dann, nicht mehr zu reden; denn ich wusste, dass bald Fieber auftreten würde.

Einen Moment lang lag er schweigend da, aber schließlich flüsterte er: „Wussten Sie, dass es kein Sturz war, den ich hatte?" Er hob sein Kinn und streckte leicht seine Kehle, mit einer Art Zittern.

„Ich dachte, es wäre kein Sturz", antwortete ich.

„Es war Phils Kumpel – Kilby."

"Ich dachte, dass."

„Wie konnten Sie – das denken? Haben – andere – das gedacht?" fragte er besorgt.

„Nein, andere nicht, ich allein. Sie hielten es für einen Unfall; sie konnten keinen Grund zum Verdacht haben.

„Ihm darf nichts passieren, verstehen Sie. Er hatte getrunken und – und er hatte Recht. Ich habe ihm in Samoa Unrecht getan, ihm und Frau Falchion."

Ich nickte und legte meine Finger auf meine Lippen.

Wieder herrschte Stille. Ich saß da und beobachtete ihn, seine Augen waren geschlossen, sein Körper war regungslos. So schlief er stundenlang, dann erwachte er ziemlich plötzlich und sagte halb wahnsinnig: „Ich hätte ihn mitschleppen können, Marmion."

„Aber das hast du nicht. Ja, ich verstehe. Geh wieder schlafen, Roscoe."

Später kam das Fieber, er stöhnte und bewegte seinen Kopf auf dem Kissen. Er konnte seinen Körper nicht bewegen – er war zu sehr verletzt.

Es gab eine Quelle der Angst in Kilby. Würde er leichtsinnig verkünden, was er getan hatte und warum? Nachdem ich lange darüber nachgedacht hatte, kam ich zu dem Schluss, dass er seine Verbrechen nicht offenlegen würde. Meine Schlussfolgerungen waren richtig, wie sich später herausstellte.

Was Roscoe betrifft, so fürchtete ich, dass er, wenn er überlebte, verstümmelt durchs Leben gehen würde. Er hatte ein privates Einkommen; Wenn er sich daher entschließen würde, nicht mehr im Ministerium zu arbeiten, würde er zumindest die Annehmlichkeiten des Lebens genießen.

Ruth Devlin kam. Ich ging zu Roscoe und sagte ihm, dass sie ihn sehen wollte. Er lächelte traurig und sagte: „Zu welchem Zweck, Marmion? Ich bin ein treibendes Wrack. Es wird sie nur schockieren." Ich glaube, er dachte, sie würde ihn jetzt nicht lieben, wenn er leben würde – ein verkrüppelter Mann.

„Aber ist das edel? Gilt das nur für sie?" sagte ich.

Nach einer langen Zeit antwortete er: „Du hast wieder recht, ganz recht. Ich bin egoistisch. Wenn man zwischen Leben und Tod schwankt, denkt man am meisten an sich selbst."

„Sie wird dir helfen, dich von diesen Orten zurückzubringen, Roscoe."

„Wenn ich jemals im Delirium bin, lass sie nicht kommen, oder, Marmion? Versprich mir das." Ich versprach.

Ich ging zu ihr. Sie war sehr ruhig und weiblich. Sie betrat das Zimmer, ging leise an sein Bett, setzte sich und nahm seine Hand. Ihr Lächeln war mitleiderregend und besorgt, aber ihre Worte waren mutig.

„Mein Liebster", sagte sie, „es tut mir so leid. Aber es wird dir bald wieder gut gehen, also müssen wir so geduldig und fröhlich sein, wie wir können."

Seine Augen antworteten, aber er sprach nicht. Sie beugte sich vor und küsste ihn auf die Wange. Dann sagte er: „Ich hoffe, dass ich wieder gesund werde."

„Das war der Schatten über dir", wagte sie es. „Das war Ihre Vorahnung des Unglücks – dieser Unfall."

„Ja, das war der Schatten.“

Ein scharfer Gedanke schien sie zu bewegen, denn ihre Augen wurden plötzlich hart, und sie bückte sich und flüsterte: „War SIE da – als – es passierte, Galt?“

Er schreckte vor der Frage zurück, sagte aber sofort: „Nein, sie war nicht da.“

„Ich bin froh“, fügte sie hinzu, „dass es nur ein Unfall war.“

Ihre Augen wurden von ihrer vorübergehenden Härte befreit. Es gibt nichts im Leben wie die Wut einer Frau gegen eine andere über einen Mann.

Justine Caron kam blass und besorgt ins Haus, um sich zu erkundigen. Frau Falchion, sagte sie, würde nicht gehen, bis sie wüsste, wie sich die Krankheit von Herrn Roscoe entwickeln würde.

„Miss Caron“, sagte ich zu ihr, „halten Sie es nicht für besser, dass sie gehen sollte?“

„Ja, für ihn; aber sie trauert jetzt.“

"Für ihn?"

„Nicht allein für ihn“, war die Antwort. Es entstand eine Pause, und dann fuhr sie fort: „Madame hat mir aufgetragen, Ihnen zu sagen, dass sie nicht möchte, dass Mr. Roscoe erfährt, dass sie noch hier ist.“

Ich versicherte ihr, dass ich es verstanden hatte, und dann fügte sie traurig hinzu: „Ich kann Ihnen jetzt nicht helfen, Monsieur, wie ich es an Bord der ‚Fulvia‘ getan habe. Aber in Miss Devlins Händen wird er besser aufgehoben sein, die arme Dame! . . . Glaubst du, dass er überleben wird?“

„Das hoffe ich. Ich bin mir nicht sicher.“

Ihre Augen traten in Tränen; und dann habe ich versucht, ermutigender zu sprechen.

Den ganzen Tag über kamen Leute, um sich zu erkundigen, allen voran Herr Devlin, dessen großes Herz sich in Menschlichkeit und Mitgefühl spaltete. „Der Preis der großen Mühle für die Garantie seines Lebens!“ sagte er immer und immer wieder. „Wir können es uns nicht leisten, ihn gehen zu lassen.“

Obwohl ich auf dem Rückweg nach Toronto hätte sein sollen, beschloss ich zu bleiben, bis Roscoe völlig außer Gefahr war. Es war seltsam, aber bei dieser Krankheit war er nie im Delirium, obwohl das Fieber hoch war. Es scheint fast so, als ob das Gehirn nach der Bezahlung seiner Strafe zur Ruhe gekommen wäre.

Während Roscoe zwischen Leben und Tod schwebte, plante Herr Devlin, der darauf bestand, dass er nicht sterben würde, ein neues Krankenhaus und eine neue Kirche, deren Präsident bzw. Pater Roscoe sein sollte. Aber die Spannung war für uns alle viele Tage lang sehr groß; Bis er eines Morgens, als die Vögel die Zedern weckten und der Schnee auf dem Mount Trinity Kühle in das heiße Tal strahlte, aufwachte und zu mir sagte: „Marmion, alter Freund, es ist endlich Morgen."

„Ja, es ist Morgen", sagte ich. „Und du wirst jetzt leben? Du wirst vernünftig sein und der Erde noch eine Chance geben?"

„Ja, ich glaube, ich werde jetzt leben."

Um ihn aufzumuntern, erzählte ich ihm, was Mr. Devlin vorhatte und geplant hatte; wie Flussfahrer und Lachsfischer jeden Tag aus dem Tal kamen, um sich nach ihm zu erkundigen. Ich erzählte ihm nicht, dass es ein oder zwei Unruhen zwischen den Flussfahrern und den Lachsfischern gegeben hatte. Ich habe versucht, ihn erkennen zu lassen, dass es in seinem Leben keine neue Veränderung geben muss. Schließlich unterbrach er mich.

„Marmion", sagte er, „ich verstehe, was du meinst. Es wäre feige von mir, jetzt hier wegzugehen, wenn ich ein ganzer Mann wäre. Ich bin meiner Absicht treu, weiß Gott, aber ich muss für den Rest einen verkrüppelten Arm tragen." meines Lebens, nicht wahr?

„Glauben Sie", antwortete ich, „dass sie die Prüfung nicht bestehen werden? Sie haben ihnen – soll ich es sagen? – zuvor einen verkrüppelten Geist gegeben; Sie geben ihnen jetzt einen verkrüppelten Körper. Nun, was glauben Sie? Die Chancen stehen gut? Ich würde dich so mögen, wie du bist.

Es herrschte langes Schweigen, in dem sich keiner von uns bewegte. Schließlich wandte er sein Gesicht dem Fenster zu und sagte nachdenklich, ohne mich anzusehen: „Das ist ein angenehmer Ort."

Ich wusste, dass er bleiben würde.

Ich hatte Mrs. Falchion während Roscoes Krankheit nicht gesehen; aber jeden Tag kam Justine und erkundigte sich, oder es wurde ein Bote geschickt. Und als an diesem glücklichen Tag Justine selbst kam und ich ihr sagte, dass die Krise vorbei sei, schien sie unendlich erleichtert und glücklich zu sein. Dann sagte sie:

„Madame war auch diese drei Tage krank; aber jetzt wird es ihr, glaube ich, besser gehen; und wir werden bald gehen."

„Bitten Sie sie", sagte ich, „ein paar Tage lang nicht zu gehen. Drücken Sie es als einen Gefallen für mich." Dann, nach kurzem Nachdenken, setzte ich mich hin und schrieb Frau Falchion eine Notiz, in der ich darauf hinwies, dass es schwerwiegende Gründe gab, warum sie etwas länger bleiben sollte: Dinge, die mit ihrem eigenen Glück zu tun hatten. Die Wahrheit ist, ich hatte an diesem Morgen eine Nachricht erhalten, die mich aufgeregt hatte. Es bezog sich auf Frau Falchion. Denn ich war ein Erzverschwörer – oder war es gewesen.

Als Antwort erhielt ich eine Nachricht, in der stand, dass sie tun würde, was ich                                                                wollte.
Unterdessen wartete ich gespannt auf die Ankunft von jemandem.

In dieser Nacht erhielt Roscoe einen Brief. Nachdem er es flüchtig gelesen hatte, reichte er es mir. Es hieß kurz:

Es tut mir nicht leid, dass ich es getan habe, aber ich bin froh, dass ich dich nicht getötet habe. Ich war
betrunken und wütend. Wenn ich dich nicht verletzt hätte, würde ich es mir nie verzeihen. Ich denke jetzt, dass es keinen Grund gibt, beiden Seiten zu verzeihen. Wir sind ehrlich – obwohl du sie vielleicht doch nicht getötet hast. Mrs.
Falchion sagt, das hätten Sie nicht getan. Aber du hast sie verletzt. Nun, ich habe dir wehgetan.
Und von Phils Kumpel aus Danger Mountain werden Sie nie wieder etwas hören.

Unmittelbar nach Sonnenuntergang dieser Nacht fegte plötzlich ein Sturm über die Berge und hinderte Ruth und ihren Vater daran, nach Viking zu gehen. Ich ließ sie mit Roscoe reden, er hatte einen Gesichtsausdruck, an den ich mich jetzt gerne erinnere, frei von geistigem Kummer – so viel schmerzhafter als körperlicher Kummer. Als ich den Raum verließ, schaute ich zurück und sah Ruth auf einem Hocker neben Roscoes Stuhl sitzen und die unversehrte Hand in ihrer halten; Das Gesicht des Vaters strahlte vor Freude und Stolz. Bevor ich hinausging, drehte ich mich noch einmal um, um sie anzusehen, und dabei fiel mein Blick auf das Fenster, gegen das Wind und Regen schlugen. Und durch die Nässe erschien ein Gesicht, das in seiner Blässe und seinem Elend schockierte – das Gesicht von Frau Falchion. Nur für einen Moment, und dann war es weg.

Ich öffnete die Tür und ging auf die Veranda hinaus. Während ich das tat, zuckte ein Blitz, und in diesem Blitz eilte eine Gestalt an mir vorbei. Einen Moment, und es gab einen weiteren Blitz; und ich sah die Gestalt im prasselnden Regen auf den Abgrund zusteuern.

Dann hörte ich einen Schrei, nicht laut, aber voller Bitte und Trauer. Ich ging schnell darauf zu. In einem weiteren weißen Schimmer sah ich Justine, wie sie die Gestalt umarmte und sie vor dem Abgrund zurückhielt. Sie sagte mit unglaublichem Flehen:

„Nein, nein, Madame, das nicht! Es ist böse – böse.“

Ich kam und stellte mich neben sie.

Die Gestalt sank zu Boden und vergrub ihr mitleiderregendes Gesicht im nassen Gras.

Justine beugte sich über sie.

Sie schluchzte wie jemand, dessen Ernte aus der Vergangenheit nur aus Tränen besteht. Noch konnte nichts Menschliches sie trösten.

Ich glaube, sie wusste nicht, dass ich dort war. Justine hob flehend ihr Gesicht zu mir.

Ich drehte mich um und schlich mich schweigend davon.

# KAPITEL XXI

## IM HAFEN

In dieser Nacht konnte ich mich nicht ausruhen. Es war unmöglich, mich von dem Bild von Frau Falchion zu befreien, wie ich sie im Sturm am Abgrund gesehen hatte. Was ich zu hoffen gewagt hatte, war gekommen. Sie war aufgewacht; und mit dem Erwachen war ein neues Verständnis für ihr eigenes Leben und das Leben anderer entstanden. Der Sturm aus Wind und Regen, der die Schlucht hinuntergefegt war, war nicht wilder als ihre Leidenschaften, als ich sie in der dunklen Nacht mit Justine zurückließ.

Wo das Schlimmste hätte passieren können, war alles gut gegangen. Roscoes Glück war ihm gerettet. Er fühlte, dass der Unfall für ihn die Strafe war, die er für die Fehler seiner Vergangenheit bezahlte; Aber unter dem Krach der Strafen litt auch Frau Falchion; und soweit sie wusste, muss sie die Reue mit sich herumtragen, weil sie miterlebt hat, wie ihr Mann gnadenlos ins Grab eines Selbstmörders gesunken ist. Ich wusste, dass sie jetzt einen hohen Preis für eine falsche Vergangenheit zahlen musste. Ich wünschte, ich könnte ihre Reue und ihren Kummer lindern. Es gab einen Weg, aber ich war mir nicht sicher, ob alles so sein würde, wie ich es mir gewünscht hatte. Seit einem bestimmten schrecklichen Tag auf der „Fulvia" hatten Hungerford und ich ein Geheimnis in unseren Händen. Als es so aussah, als würde Mrs. Falchion großen Ärger und große Schande in Roscoes Leben bringen, beschloss ich, das Geheimnis zu nutzen. Es darf jetzt nur noch zum Wohle von Frau Falchion verwendet werden. Wie ich im letzten Kapitel sagte, hatte ich die Nachricht erhalten, dass jemand kommen würde, dessen Anwesenheit im Drama dieser Ereignisse eine große Rolle spielen würde: und ich hoffte das Beste.

Bis zum Morgen lag ich da und plante, wie ich die Dinge am besten zu einem erfolgreichen Abschluss bringen könnte. Der Morgen kam – wunderschön nach einer verrückten Nacht. Kurz nachdem ich aufgestanden war, erhielt ich eine Nachricht, die mir ein Junge aus Viking mitgebracht hatte, was mich in Aufregung versetzte. In der Notiz wurde ich aufgefordert, nach Sunburst zu gehen. Aber zuerst schickte ich eine Nachricht an Frau Falchion und bat sie im Namen unserer neuen Freundschaft, die Berge an diesem Tag nicht zu verlassen. Ich bat sie auch, mich an diesem Abend um acht Uhr in Sunburst an einem von mir angegebenen Ort zu treffen. Ich bat den Boten, den ich geschickt hatte, um eine Antwort und forderte sie auf, keine Fragen zu stellen, sondern mir als jemandem zu vertrauen, der ihr nur einen großen Dienst erweisen wollte, wie ich hoffte, dass ihre Nachgiebigkeit dies ermöglichen würde. Ich wartete auf die Antwort, und sie enthielt nur ein Wort: „Ja."

Hocherfreut machte ich mich auf den Weg ins Tal. Es war noch früh, als ich Sunburst erreichte. Ich ging direkt zu der kleinen Taverne, aus der die Nachricht gekommen war, und blieb eine Stunde oder länger. Das Ergebnis des einstündigen Gesprächs mit dem Verfasser der Notiz war ebenso unvergesslich wie die Stunde selbst. Ich begann liebevoll auf den Erfolg meines Vorhabens zu hoffen.

Von der Taverne ging ich ins Dorf, mit einem Hochgefühl, das kaum durch die Tatsache gestört wurde, dass viele der Lachsfischer wegen der törichten Plünderungen, die am Abend zuvor von müßigen Flussmännern und Mühlenarbeitern von Viking begangen wurden, mürrisch waren. Wäre ich nicht so sehr mit Frau Falchion und einem Ereignis beschäftigt gewesen, in dem sie eine Rolle spielen muss, hätte ich das Gemurmel der Mischlinge, die Verdrießlichkeit der Indianer und die nervösen Drohungen der weißen Fischer umso ernster genommen denn ich wusste, dass Mr. Devlin am frühen Morgen zur Pazifikküste aufgebrochen war und erst in einigen Tagen zurückkommen würde.

Keine zwei Klassen von Menschen könnten unterschiedlicher sein als die Lachsfischer von Sunburst und die Mühlenarbeiter und Flussfahrer von Viking. Das Leben der Flussmenschen war aufregend, zäh und gefährlich; tendierte zu Ausgelassenheit, Rücksichtslosigkeit, Kühnheit und wildem Humor: Der der Lachsfischer war fröhlich, malerisch, selten gefährlich, meist einfach und ruhig. Der Flussfahrer zog es vor, seine müßigen Stunden in grober, rauer Lebhaftigkeit zu verbringen; Der Lachsfischer liebte es, am Ufer zu liegen und dem Geschichtenerzähler des Dorfes zuzuhören, der bei Erfolg fast offiziell war und die Leichtgläubigkeit und Fantasie seiner Zuhörer ausnutzte. Der Flussfahrer liebte die Aufregung um ihrer selbst willen, und hinter seiner Ausgelassenheit verbarg sich kaum etwas Böses. Als der Lachsfischer geweckt wurde, wurde seine Wut verzweifelt ernst. Es war nicht seine Art, ausgelassen zu sein, um ausgelassen zu sein.

All dies hat für eine Krise funktioniert.

Von Sunburst aus ging ich nach Viking und beobachtete eine Zeit lang eine Handvoll Flussfahrer auf einer kleinen Insel in der Mitte des Flusses, die daran arbeiteten, ein paar Baumstämme und Holzscheite zu lösen und sie ins Wasser zu werfen, um sie hinunter zum Fluss zu treiben Mühle. Ich blieb interessiert, weil ich ein paar Stunden lang nichts zu tun hatte. Ich bat einen Indianer am Ufer, sein Kanu zu nehmen und mich zur Insel zu paddeln. Er hat es getan. Ich weiß nicht, warum ich nicht alleine gegangen bin; aber der Indianer war in meiner Nähe, sein Kanu war in seiner Hand, und ich tat die Sache fast mechanisch. Ich landete auf der Insel und beobachtete mit großem Interesse die Männer, wie sie den Haufen aufhebelten, drehten und stürzten, um an den Schlüsselblock zu gelangen, der, wenn er gefunden und gelöst wurde, den Haufen ins Wasser werfen würde.

Es tat mir leid, dass ich den Indianer mitgebracht hatte, denn obwohl die Flussfahrer ihren wilden Singsang für einen Moment unterbrachen, um ein „Wie!" zu rufen. Als sie mich ansahen, begannen sie sofort, den Indianer mit höhnischen Worten zu bewerfen. Sie hatten ihn – ich nicht – als Lachsfischer und Angehörigen des Siwash-Stammes aus Sunburst erkannt. Er schwieg vollkommen, aber ich konnte sehen, wie sich in seinem Gesicht Missmut breit machte. Er schien seine verächtlichen Animateure nicht zu beachten, aber anstatt sich zu entfernen, näherte er sich immer mehr dem Gewirr der Baumstämme – kam sogar sehr nahe an mich heran, während ich dastand und vier oder fünf Männer beobachtete, mit dem Vorarbeiter in der Nähe vorbei, bei der Arbeit an einem riesigen Holz. In einem bestimmten Moment befand sich der Vorarbeiter in einer Art Mulde. Direkt hinter ihm, in der Nähe des Indianers, lag ein großer Baumstamm, der, wenn er sich durch einen leichten Impuls löste, in die Mulde fallen musste, in der der Vorarbeiter stand. Der Vorarbeiter hatte sein Gesicht zu uns gerichtet; Der Rücken der anderen Männer lag auf uns. Plötzlich stieß der Vorarbeiter einen erschrockenen Schrei aus, und im selben Moment sah ich, wie der Indianer seinen Fuß auf den großen Baumstamm stieß. Bevor der Vorarbeiter die Mulde verlassen konnte, rutschte es herunter, erwischte ihn knapp über dem Knöchel und brach ihm das Bein.

Ich drehte mich um und sah den Indianer in seinem Kanu auf dem Weg zum Ufer. Ihm folgten die Flüche des Vorarbeiters und der Bande. Der Vorarbeiter war sehr still, aber ich konnte sehen, dass in seinen Augen Gefahr lag, und die Ausrufe der Männer überzeugten mich davon, dass sie eine interkommunale Schwierigkeit planten.

Ich improvisierte Bandagen, legte das Bein direkt an und schon nach kurzer Zeit erreichten wir auf einem hastig aufgebauten Floß das Ufer. Nachdem ich dafür gesorgt hatte, dass der Vorarbeiter sicher versorgt war, und Mr. Devlins Manager die Fakten über den Vorfall erzählt hatte, stieg ich, mehr als zufrieden mit dem Erlebnis meines Vormittags, den Berghang hinauf und suchte Zuflucht vor der Hitze in der Kühle von Roscoes Zimmern.

Am Nachmittag erhielt ich eine Nachricht von Frau Falchion, dass sie am nächsten Tag zur Küste aufbrechen würde; dass ihr Gepäck sofort nach Sunburst gebracht würde; und dass sie nach Erfüllung ihrer Verlobung mit mir eine Nacht dort verbringen und nicht wieder in die Berge zurückkehren würde. Ich bereitete mich auf meine eigene Abreise vor und war bis zum Abend sehr beschäftigt. Dann ging ich schnell ins Tal hinunter – denn ich war zu spät – und stapfte eifrig weiter nach Sunburst. Als ich mich dem Dorf näherte, sah ich, dass es am Fluss weniger Lichter – Fackeln und Feuer – gab als sonst. Mir fiel auch auf, dass es am Ufer und im Fluss nur sehr wenige Fischer gab. Aber das Dorf schien noch immer laut zu sein, und obwohl es schon dämmerte, konnte ich in der einzigen Straße, die fast eine Meile lang an den Hütten und Hütten entlangschlenderte, viel Aufregung erkennen.

Plötzlich wurde mir klar, dass die Spannungen zwischen den beiden Dörfern in der Verletzung des Vorarbeiters ihren Höhepunkt erreicht hatten und jetzt in eine schmerzhafte Krise mündeten. Mein Verdacht hatte gute Gründe. Als ich weitereilte, sah ich, dass die Lichter, die normalerweise an den Ufern des Flusses angebracht waren, über die ganze Stadt verstreut waren. Vor den Indianerhütten wurden Lagerfeuer angezündet und Fackeln angezündet. Als ich näher kam, sah ich aufgeregte Gruppen von Indianern, Mischlingen und weißen Männern, die sich hier und da bewegten; Und dann ertönte plötzlich ein Schrei – eine Art Gebrüll – von weiter oben im Dorf, und die Männer versammelten sich, ergriffen Gewehre, Stöcke, Eisen und andere Waffen und rannten die Straße hinauf. Ich habe verstanden. Damals war ich mäßig schnell zu Fuß. Ich folgte ihnen schnell und überholte sie. Dabei erkundigte ich mich bei ein oder zwei Fischern, was das Problem sei.

Sie sagten mir, wie ich vermutet hatte, dass sie einen Angriff der Mühlenarbeiter und Flussfahrer von Viking auf das Dorf erwarteten.

Die Situation war kritisch. Ich konnte eine Katastrophe vorhersehen, die die beiden Städte für immer verunsichern und dem Tal einen wenig beneidenswerten Ruf verleihen würde. Ich war mir sicher, dass, wenn Roscoe oder Mr. Devlin anwesend wären, ein prohibitiver Einfluss ausgeübt werden könnte; dass jemand mit starkem Willen sozusagen in der Lücke zwischen ihnen stehen und eine offene Schlacht und möglicherweise Blutvergießen verhindern könnte. Ich war mir sicher, dass die Flussfahrer in Viking ihre Pläne so heimlich geschmiedet hatten, dass die Nachricht darüber kaum die Ohren des Fabrikleiters erreichen würde und dass daher sein Einfluss, ebenso wie der von Mr. Devlin, nicht zur Verfügung stehen würde .

Blieb nur ich selbst – wie ich zuerst dachte. Vielen Männern beider Dörfer war ich unbekannt und nur sehr wenigen kannte ich – hauptsächlich denen, mit denen ich eine klatschende Bekanntschaft hatte. Doch irgendwie hatte ich das Gefühl, dass ich die Randalierer vielleicht in Schach halten könnte, wenn ich nur ein halbes Dutzend Männer dazu bringen könnte, an meiner Seite standhaft Stellung zu beziehen.

Als ich an der Seite der aufgeregten Fischer herlief, forderte ich ein oder zwei von ihnen auf, klug und pflichtbewusst einen Konflikt zu verhindern. Ihre Antwort war – und sie war sehr überzeugend –, dass sie keinen Kampf erzwingen würden, sondern angegriffen würden und in diesem Fall kämpfen würden. Meine hastige Überredungskunst brachte nur wenig Erfolg. Aber ich dachte weiter angestrengt nach. Plötzlich kam mir der Gedanke, dass ich meine Hand auf einen Mann legen könnte, dessen Instinkt in dieser Angelegenheit derselbe sein würde wie ich; wer hatte Autorität; kannte die Welt; war im Laufe seines Lebens in gefährlichen Situationen gewesen; und schuldete mir etwas. Ich war mir sicher, dass ich mich auf ihn verlassen konnte, umso mehr, als er sich, einst körperlich gebrechlich, zu einem starken, gut beherrschten Mann entwickelt hatte.

Während ich an ihn dachte, war ich nur noch wenige Meter von dem Haus entfernt, in dem er war. Ich schaute und sah ihn in der Tür stehen. Ich rannte und rief ihn. Er gesellte sich sofort zu mir, und wir rannten zusammen weiter: Die Fischer schrien laut, während sie zusahen, wie die Flussfahrer bewaffnet den Hügelhang hinunter ins Dorf kamen.

Ich erklärte meinem Freund hastig die Situation und sagte ihm, was wir tun müssen. Ein oder zwei Worte versicherten mir alles, was ich wissen wollte. Wir erreichten den Ort der Unruhe. Die Fischer waren dicht gedrängt, der Fluss auf der einen Seite, die Häuser und Hügel auf der anderen. Die Flussfahrer hatten nicht viele Meter entfernt angehalten, kühl, entschlossen und ruhig, bis auf ein wenig Gemurmel. In ihren roten Hemden, hohen Stiefeln, viele von ihnen mit langen schwarzen Haaren und Messingohrringen, sahen sie wie eine beeindruckende Menschenmenge aus. Offensichtlich hatten sie die Angelegenheit ernst genommen und waren mit der Absicht gekommen, ihren Standpunkt durchzusetzen, was auch immer dieser sei. Gerade als wir den Raum zwischen den beiden Parteien erreichten, trat der gewaltige Anführer der Flussfahrer vor und sagte mit rauer, aber gefasster Stimme, dass sie entschlossen gekommen seien, zu kämpfen, wenn ein Kampf nötig sei, dass sie aber wüssten, was das Ende bedeuten würde Sie wollten Sunburst nicht völlig auslöschen, wenn Sunburst die Friedensbedingungen akzeptierte.

Für die Fischer schien es keinen Anführer zu geben.

Mein Freund sagte schnell zu mir: „Du sprichst zuerst." Sofort trat ich vor und wollte wissen, wie die Friedensbedingungen lauteten. Sobald ich das tat, gab es harsches Gemurmel unter den Flussfahrern. Ich erklärte sofort und winkte einige der Fischer zurück, die um mich herumschimpften, dass ich mit dem Streit überhaupt nichts zu tun habe; dass ich zufällig dort war, wo ich war, da ich zufällig die Schwierigkeit des Morgens gesehen hatte. Aber ich sagte, dass es die Pflicht eines jeden Mannes sei, der ein guter Bürger sei und die Gesetze seines Landes respektiere, so weit wie möglich dafür zu sorgen, dass es keinen Verstoß gegen diese Gesetze gebe. Ich sprach mit klarer, kräftiger Stimme und ich glaube, dass ich bei beiden Streitparteien eine gewisse Wirkung erzielt habe. Die Antwort des Anführers erfolgte fast sofort. Er sagte, dass sie nur den Indianer forderten, der den Vorarbeiter ihrer

Banden auf so hinterlistige Weise verletzt hatte. Ich sah die Situation sofort und war verblüfft. Einen Moment lang sprach ich nicht.

Auf die Szene, die unmittelbar darauf folgte, war ich nicht vorbereitet. Jemand durchbrach die Menge hinter mir, stürmte an mir vorbei und stellte sich zwischen die beiden Kräfte. Es war der Indianer, der den Vorarbeiter verletzt hatte. Er war bis zur Hüfte nackt, bemalt und gefiedert wie sein Stamm, der in die Schlacht zog. In seinen Augen war ein wildes Leuchten, aber er hatte keine Waffe. Er verschränkte die Arme vor der Brust und sagte:

„Nun, du willst mich. Hier bin ich. Ich werde mit jedem Mann kämpfen, ganz allein, ohne Waffe, Pfeil oder irgendetwas. Ich werde mit meinen Armen kämpfen – um zu töten."

Ich sah sofort, wie Revolver auf ihn gerichtet waren, aber da sprang der Mann, mein Freund, der neben mir stand, vor den Indianer.

"Halt halt!" er weinte. „Im Namen des Gesetzes! Ich bin ein Sergeant der berittenen Polizei Kanadas. Meine Gerichtsbarkeit erstreckt sich von Winnipeg bis Vancouver. Ihr könnt diesen Mann nur über meinen Körper haben: und für meinen Körper wird jeder von euch mit seinem Leben bezahlen." Für jeden Schlag in dieser Nacht werden den Flussfahrern und Mühlenarbeitern in diesem Tal hundert Schläge zugefügt. Hinter mir steht das Gesetz des Landes – seine Polizei und seine Soldaten.

Er stoppte. Es herrschte fast völlige Stille. Er machte weiter:

„Dieser Mann ist mein Gefangener; ich verhafte ihn." – Er legte seine Hand auf die Schulter des Indianers. – „Für das Verbrechen, das er heute Morgen begangen hat, soll er bezahlen: aber dem Gesetz, nicht euch. Stellt eure Revolver ein, Männer . Gehen Sie nicht zurück zu Viking. Brechen Sie nicht das Gesetz und machen Sie sich nicht zu Kriminellen Gerechtigkeit, die der Stolz eines jeden Mannes im Westen ist. Du wolltest das Verbrechen von heute Morgen rächen. Aber die Rache ist Sache des Gesetzes. – Treten Sie zurück – Treten Sie zurück! sagte er und zog seinen Revolver, als der Anführer der Flussfahrer vortrat. „Ich werde den ersten Mann töten, der versucht, Hand an meinen Gefangenen zu legen. Seien Sie nicht böse. Ich bin kein einzelner Mann, ich bin ein ganzes Land."

Ich werde nie die Erregung vergessen, die mich durchfuhr, als ich einen Mann sah, der noch vor ein paar Monaten bis zum Hals im Grab lag und sich nun zu einem starken, trotzigen Soldaten entwickelte.

Es entstand eine Pause. Endlich sprach der Anführer der Flussfahrer. „Sehen Sie", sagte er, „Sergeant, ich schätze, Sie haben Recht. Sie sind ein Mann, also helfen Sie mir! Sagen Sie, Jungs", fuhr er fort und wandte sich an seine Anhänger, „geben Sie ihm den Injin. Ich denke, er hat es." hat ihn verdient.

Mit diesen Worten drehte er sich um, die Männer begleiteten ihn, und auf dem Weg zurück nach Viking stapften sie wieder den Hang hinauf. Der Mann, der dies erreicht hatte, wandte sich gegen die Fischer.

„Zurück in eure Häuser!" er sagte. „Seien Sie dankbar, dass hier heute Nacht kein Blut vergossen wurde, und lassen Sie sich davon eine Lehre sein. Jetzt geh."

Die Menge drehte sich um, schlurfte langsam das Flussufer hinunter und ließ uns drei dort stehen.

Aber nicht alleine. Aus dem Schatten eines der Häuser kamen zwei Frauen. Sie traten vor in das Licht des Freudenfeuers, das in unserer Nähe brannte. Eine der Frauen war sehr blass.

Es war Frau Falchion.

Ich berührte den Arm des Mannes, der neben mir stand. Er drehte sich um und sah sie ebenfalls. Ein Schrei kam von seinen Lippen, aber er blieb stehen. Ein ganzes Leben voller Kummer, Nöte und Liebe blickte aus seinen Augen. Frau Falchion kam näher. Sie legte die Hände auf die Brust, schaute ihm ins Gesicht und keuchte:

„Oh – oh – ich dachte, du wärst ertrunken – und tot! Ich habe dich im Meer begraben gesehen. Nein – nein – du kannst es nicht sein! Ich habe in den letzten paar Minuten alles gehört und gesehen. DU bist so stark und mutig, so ein toller Mann!... Oh, sag mir, sag mir, bist du in Wahrheit mein Mann?"

Er sprach.

„Ich war dein Ehemann, Mercy Falchion. Ich war ertrunken, aber dieser Mann" – er drehte sich um und berührte meine Schulter – „dieser Mann hat mich wieder zum Leben erweckt. Ich wollte für die Welt tot sein. Ich flehte ihn an, mein Geheimnis zu bewahren." . Die Leiche eines Seemanns wurde in meinem Leichentuch begraben, und ich habe mich in der Nacht aus dem Boot gestohlen, um unter einem neuen Namen ein neues Leben zu beginnen. . Sprich nicht mit mir – es sei denn, ich solle dich nicht wieder verlieren – dass du mir vergibst – und wünsche mir, dass ich lebe!"

Sie streckte beide Hände aus, einen seltsamen, traurigen Ausdruck in ihren Augen, und sagte: „Ich habe gesündigt – ich habe gesündigt."

Er nahm ihre Hände in seine.

„Ich weiß", sagte er, „dass du mich noch nicht liebst; aber eines Tages wirst du es vielleicht tun."

„Nein", sagte sie, „ich liebe dich nicht; aber ... ich bin froh, dass du lebst. Lass uns – nach Hause gehen."

# DAS ENDE.